白雲去来

金椛国春秋外伝

篠原悠希

角川文庫
23296

白雲去来

金椛国《きんかこく》春秋

外伝

目次

おもな登場人物

星《せい》 遊圭《ゆうけい》……名門・星家の御曹司で唯一の生き残り。生まれつき病弱だったために医薬に造詣が深い。書物や勉学を愛する秀才。

李《り》 明蓉《めいよう》（明々《めいめい》）……少女のときに遊圭を助けたことから、後宮の様々な苦労を共に乗り越えてきた。紆余曲折を経て、ついに遊圭と結ばれる。

陶《とう》 玄月《げんげつ》（陶紹《とうしょう》）……皇帝陽元の腹心の宦官。遊圭の正体を最初に見抜き、後宮内の陰謀を暴くための手駒として遊圭を利用してきた。

蔡《さい》 月香《げつか》……安寿殿の元内官。遊圭が後宮に隠れ住んでいたときの主人であり恩人。玄月の元許嫁で、様々な困難を経て玄月の伴侶となった。

星《せい》 玲玉《れいぎょく》……遊圭の叔母。金椛国の現皇后。

司馬《しば》陽元《ようげん》……金椛国の第三代皇帝。

ルーシャン……西域出身の金椛国軍人。河西軍の総司令官。朔露《さくろ》戦の功績でさらなる昇進を果たす。

橘《きつ》 真人《まひと》……東瀛《とうえい》国出身の青年。かつて遊圭を騙して命の危険に晒したが、西の砂漠越えの難業を通じて戦友となる。

天狗《てんこう》……遊圭の愛獣。希少でめでたい獣とされている。仔天狗の天伯、天月、天遊、天真、天天、天雲の母狗。

第一話　白雲去来

ダーリヤー

金椛《ジンファ》帝国が朔露可汗《さくろかがん》国の侵攻を押し返した年の春、この戦《いくさ》で九死に一生を得、さらに戦功を挙げた星遊圭《せいゆうけい》は都に帰還した。

功績によって朝廷に取り立てられ、中央に官位官職を賜《たまわ》った遊圭ではあるが、戦中の無茶が祟《たた》って体調がすぐれず、婚約者であった明々《めいめい》の消息も明らかにできないまま、夏が過ぎ、秋も半ばにさしかかっていた。

そんなある日、遊圭の邸《やしき》の門前を、身なりの良い少年がうろうろとしていることに、星家の使用人が気づいた。

年の頃は十五かそこらと見えるが、成人に達した身長にもかかわらず、頭の両側で総《あげ》角《まき》に結う童子の髪型をしている。見たところの人品は卑しくないものの、表情は暗く、どこか思い詰めた空気を漂わせている。

都に帰って官職に就いた当主に、ようやく官界に縁のある友人ができたのかと喜んだ召使いは、大急ぎで執事の趙爺《ちょうや》に注進した。

　趙爺はすぐに門まで未知の客人を迎えに出る。

「当家に御用事でしょうか。あいにく主人は勤めから帰宅しておりません。よろしければ、屋内でお待ちいただくこともできますが」

　間近で見れば、目鼻立ちのはっきりとした、なかなかの美少年だ。心持ち鼻梁《びりょう》の高いまっすぐな鼻筋は、星邸を頻繁に訪れる主人の親友で、胡人《こじん》の血を引く史尤仁《しゆうじん》を思い出させる。

「あ、いえ。その。ゆうけ――あ、星大官がお留守なら、また、いずれ――」

　少年はしどろもどろになって趙爺の前から後退《あとずさ》る。

「では、お名前を伺っておきます。名刺はお持ちですか」

「いえ。あの、持っていません。すみません。用意していませんでした」

　少年は顔を赤らめ、涼しい気候にもかかわらず額に汗を滲《にじ》ませて謝罪した。

　そもそも他家を訪れるときは、使用人が前もって名刺を届け、相手の都合を訊《たず》ねてから日時を調整するものだ。まだ年若いところを見ると、そうした社交作法には疎く、たまたま近くを通ったので立ち寄ってみたのかもしれない。

　人慣れしていないようすと、うろたえながらも礼節を弁《わきま》えた受け答えを保とうとする態度に、趙爺は少年の育ちの良さを察した。これはいずれか由緒正しい官家の御曹司で、星家当主の知人かその息子、もしくは遊圭の評判を聞いて親派《シンパ》となった若者であろうと判断した。

趙爺のあるじ星遊圭は、叔母《おば》が皇后であることを笠《かさ》に着ず、朔露可汗国との戦に志願して前線で戦い、軍功を得て立身の機会をつかみ、若くして中央政界に躍り出た。華奢《きゃしゃ》な体格と柔和な面差しは、ぱっと見は文弱の青年にしか見えない。だが、その知謀と危険を顧みない作戦の遂行力で伝説的な存在となっており、遊圭に憧《あこが》れて官界を目指す国士や少年たちは少なくない。

「主人は間もなく帰りますので、どうぞ中にお上がりください」

社交範囲の狭い主人を訪ねてきた客人を逃がすまいと、趙爺はますます熱心に少年の袖《そで》を引いた。焦った少年は趙爺の手を逃れようとする。額の汗を吸ったせいか、総角におさまらずに額に垂れていた癖のある柔らかな前髪が、くるくると巻き上がる。

帰ろうとする少年と、帰すまいとする趙爺が押し問答しているうちに、退勤した当主が帰宅した。

「なにをしているんだい。趙爺」

「大家《ターチャ》。お帰りなさいませ」

少年は弾《はじ》かれたようにふり向き、緑の官服に銀の帯を締めた、馬上の若き官人を見上げる。

「遊圭さん！　あ、いえ、星大官」

「大黎《ダーリー》じゃないか。久しぶり。よく来てくれたね」

鞍《くら》から降りた遊圭は、手綱を引いていた従僕の竹生《ちくせい》に馬を預けて、趙爺に話しかける。

「かれがうちに来るのは初めてだったね。趙爺、こちらはルーシャン将軍の御次男だ。金椛名を康宇大黎《こうダーリー》君という」

「胡名も同じです」

大黎は頬をうっすらと赤くして言い添えた。

「もともとの本名は、語尾の母音をもっと長く伸ばすんだよね。ダーリヤー、でいいのかな」

「ええ、まあ」

「趙爺、書斎に通して、お茶も出してあげてくれ。わたしは着替えたらすぐに行く」

「ルーシャン将軍のご子息なら、一等の茶葉と都で評判の茶菓子をお出しするよう、厨房《ちゅうぼう》に言いつけます」

趙爺は張り切って大黎の袖を取り、強引に門をくぐらせた。


遊圭が足湯を使い、日常着に着替えて書斎に入れば、大黎は居心地悪そうに長椅子の端に腰かけていた。小卓に載せられた茶碗《ちゃわん》に、ぎりぎり手の届かない位置だ。大黎がお茶を飲めずにいるのは、遊圭の十二年来の愛獣で、仔熊《こぐま》ほどの大きさもある天狗《てんこう》が長椅子の大半を占めて長々と寝そべり、頭を大黎の膝《ひざ》に乗せて昼寝をしているためであった。

「天狗、お客さんの膝で寝ちゃだめだろう」

首から背中を遊圭に撫《な》でられながら諭された天狗は、尖《とが》った黒い鼻をつんと上に向け、大きくあくびをした。片目をうっすらと開けると、のろのろと椅子からずり落ちて、床でぐうっと犬や猫のように伸びをする。背中の毛並みと同じ、ふさふさした金褐色の尾を左右に揺らしながら書斎から出て行った。

「話には聞いていましたが、本当に大きな獣ですね」

一般に知られたどの大型犬よりも大きく、虎のようにのっそりと動き回る獣を初めて目にした大黎は、ひどく恐ろしく感じたらしい。硬直したまま震える声で言った。

書斎に案内された大黎が、何気なく長椅子に腰かけたところへ天狗がやってきて、その横に寝転んだらしい。帝都のど真ん中、皇城の内側にある官家の邸宅に、危険な猛獣が放し飼いにされているはずがないのだが、見たこともないような長大な爪と牙《きば》のある獣を怖れるなというほうが無理であろう。

「ごめんね。その長椅子は天狗の定位置なんだ。おや、天狗のせいで飲めなかったお茶が冷めてしまったようだね。淹《い》れ直すから待っていてくれるかい」

遊圭は卓上の焜炉《こんろ》に炭火を熾《おこ》して、薬缶《やかん》を載せる。

「あ、大丈夫です。飲みます」

大黎は慌ててぬるくなった茶に手を伸ばし、急いで飲み干した。遊圭はその茶碗にお代わりの茶を注ぎ入れる。

「それにしても、大黎がわざわざ来てくれたのは嬉《うれ》しいね。楼門関《ろうもんかん》のルーシャンから、なにか良い知らせでもあったのかな」

遊圭は穏やかに微笑んで訪問の用向きを訊ねたが、その愛想の良さに反して、顔色はあまりよくない。救国の英雄という噂が虚偽ではないかと思われるほど、貧相に痩《や》せ、いまにも倒れそうなほど生気がなく、肌には艶《つや》もない。

幼かったころの遊圭は虚弱体質で、十歳まで生きられないと医師に言われた。専属の薬師であるシーリーンによる療育と、体力づくりのための鍛錬を欠かさないことで、ようやく人並みの健康を手に入れ、二十歳まで生き延びた。将兵を務めるには適当とは言い難い筋力と体力であるにもかかわらず、遊圭は太守《たいしゅ》の幕友《ばくゆう》として出兵し、前線と本陣を行き来しては、敵地潜入の往復を二度もこなした。

作戦の途中で凍死寸前という災難に遭い、回復に何ヶ月もかかったあと、遊圭は都に戻って殿中侍御史《でんちゅうじぎょし》という激務の官職を賜った。この職務は各部署を監査しつつ国中から上がってくる訴状を日々さばかねばならず、非常に忙しくて頭も使えば体力も削られる。

疲れやすい体に鞭打《むちう》って多忙な日々を送る遊圭から、さらに生気を奪っているのは行方のわからない婚約者、李《り》明々の安否だ。明々は都のどこかにいるはずなのだが、まったく消息が摑《つか》めない。

大黎はそうした遊圭の事情を知らないので、最後に会ったときよりも、遊圭がひどくやつれてしまっていることに驚きを隠せない。

「あの、すみません。良い知らせではありません。というか、ぼくのまったく個人的なことで、家に帰るに帰れずうろうろしていたら、遊圭さんの邸がこのあたりだったなと思いまして」

「家に帰れない？　道に迷ったのかな」

「いえ」

大黎は言いにくそうに顎《あご》を左右に揺すり、人差し指と中指で頭を掻《か》く。

「継母《はは》に合わせる顔がないというか――」

そこで口ごもり、視線をあちらこちらにさまよわせる。

「劉《りゅう》氏に？　喧嘩《けんか》でもしたのかい」

大黎の父ルーシャン将軍と、かつて河西郡《かせいぐん》の太守を務めた劉源《りゅうげん》を父に持つ劉氏は政略結婚だ。

一年のほとんどを、辺境守備のため楼門関《ろうもんかん》のある方盤城《ほうばんじょう》に勤めるルーシャンは、家族を人質として都に残しておかねばならない。そこで、亡妻との間にできた次男大黎を都に送り、正妻となった劉氏に養育を任せている。婚期を大幅に過ぎてルーシャンに嫁いだ劉氏は、自ら嫡子を産むことはあきらめ、大黎の教育に力を注いでいるということであった。

大黎は胃の底にあるものを、どうにか搾り出すようにして、家に帰れないでいる理由を吐き出した。

「あの、この秋に童試《どうし》があったのです」

そこでようやく、遊圭は大黎の悩みを察した。

「ああ、今年は特試があったね。春の官僚登用試験と、秋には国士太学《こくしたいがく》の両方。通常は一年ずつずらすものを、戦争で何年も延期になっていたから、一年のうちに両方ともやることにした。お陰で朝廷は手が足りず、それはそれは忙しかった」

戦勝祝賀を兼ねていたこともあり、文句を言う官吏はいなかったが、目の回るような忙しさがようやく一段落したところだ。

「そうか、童試の合格発表は今日だったのか。大黎も受験したんだ」

結果は、打ち萎《しお》れて家に帰れずにいる大黎を見れば明白だ。大黎は洟《はな》を啜《すす》り、かすれ声で打ち明ける。

「継母に、合わせる顔がありません。とても親身になって教師をつけてくれたり、書物を集めてくれたり、書見も見てくれたりしたのに――」

戦神とも謳《うた》われる勇猛な父親に似ず、大黎はだんだんと涙声になる。

遊圭は大黎を慰める言葉を探して、ゆっくりと自分の考えを話す。

「未冠《みかん》の受験問題の方が易しいから、成人する前に国士太学に入学させたいと親が思うのはわかるけどね、入学してしまったら未冠と已冠《いかん》の区別なく、同じ講義を受けるんだ。あまり若いうちに入学してしまうと講義や宿題の提出に追いつけず、伸び悩む者が多いそうだよ。あと、体が小さく力も弱いから、心がけの良くない上級生に目をつけられやすい。そうなったら、勉学どころじゃなくなってしまう」

大黎は潤んだ目で遊圭をじっと見つめた。

「でも、遊圭さんは成人した年の巳冠の試験で、一発合格だったんですよね。つまり、巳冠で最年少ということでしょう？　ぼくとあまり変わらないのに、とても頭が良くて、ものすごく勉強されたんですよね」

「成人した翌年だけどね」

遊圭は自分にかかわる噂の真偽を訂正し、年少の友人を勇気づけるために、言葉を続ける。

「変わらないといっても、十五と十六の一年の差は大きいよ。大黎は何歳になった？」

「今年で十五になりました。年明けに父が上京するので、継母はそのときに加冠の儀を行うと言っています。蔡《さい》大官も上京されるなら、冠親をお願いしたいとも考えているようですけど、ぼくは遊圭さんのほうが――」

「いやいや、冠親の地位はとても大事だよ。閣僚に次ぐ官位の蔡大官にしていただくのが最良だ。登用試験に受かって官僚になれたら、誰が後ろ盾かで出発点が違ってくるからね」

「そう、なんですか」

大黎はルーシャンに似た目元をパチパチさせて訊《き》き返す。遊圭はにこやかにうなずく。

「うん。そうかぁ。年明けに加冠かぁ。少し早いけど、おめでとう。お祝いを選ぶのが楽しみだな。まだ時間があるから、揚《よう》州から名品の硯《すずり》を取り寄せようか。それとも馬具がいいかな」

「あ、ありがとうございます」

少し慌てて、大黎は礼を言った。

「童試のことだけど、大黎は都に来てから受験勉強を始めたんだよね」

大黎は小さくうなずく。

「五年か、それくらい前です。それまでは慶城《けいじょう》で乗馬したり、近所の友達と戦ごっこや狩りをしたり。小さかったときは、父と同じ武人になるのだろうと思っていたので」

遊圭はうんうんとうなずいた。

「官家に生まれた男子は、五歳から手習いを始めて、十歳までには最低限の書経を一通り読み終えている。それでも、十代で童試に合格できるのは二割にも満たない。読むだけではなく、ほぼ全部を暗記して、さらにその意味を理解するのに、何年もかかるからだ。丸暗記では、ちょっとひねった問題を出されたら、もう答がわからなくなるからね。何種類、何十冊という書経を何度も読んで、覚えて、考えて、理解する。そして、自分でその意味するところを説明できる。五年やそこらでは無理だ。よほど生まれつきの天才でもない限りね」

大黎はぽかんと口を開けて、遊圭の話を聞いた。

「じゃあ、十六で合格した遊圭さんは、すごく優秀なんですね」

称讃《しょうさん》のまなこで見つめられた遊圭は、顔が火照ってくるのを感じて首を横に振った。

「わたしには童生《どうせい》の兄がいた。兄が書見するのを横で聞いて、見て、自分でも読み始めたのは、ふつうの童生よりも早かったんだよ。病気がちで外遊びもできなかったから、同じ年齢の童生よりも二倍は勉強する時間があった。でも、そのぶん体力と社交性がなくて、官僚になってから苦労しているよ」

支給される官服の寸法が合わず、一番小さな官服でも、身幅と袖《そで》が余ると言って笑った。裾《すそ》も帯で上げるだけでは足りず、趙婆《ちょうば》に裾上げをしてもらっていた。

同素材の反物も支給されているので、遊圭の寸法で仕立てに出したのがそろそろ届くはずだ。

「茶菓子を食べ終わったら、家まで送っていこう。劉氏と少し話をさせてもらってもいいかい？」

「継母《はは》とですか」大黎は不安げに眉《まゆ》を上げる。

「うん。大黎はひとりで不合格の報告をしたくないんだろう？」

遊圭の問いに、大黎はうつむいた。遊圭は話を続ける。

「劉氏は親族の男子がほぼみんな官人だから、男子の人生は官界にしかないと思い込んでいるんだろうね。だけど、誰もが官僚になれて出世し、大臣になれるわけじゃない。せっかく童試に受かっても、国士太学で脱落する者もいれば、登用試験に何年も落ち続けて老年にいたる国士もいる。官家の男子よりも遅く始めた大黎は、いつか受かるだろうと気長に構えているくらいがちょうどいいよ」

大黎の顔が少し明るくなる。

「五年遅く始めましたから、五年遅く合格できたら上出来と言うことですか」

「最短であと五年だけど、五歳から始めても三十、四十で合格する人もいる。まあ、わたしが見てきた限りでは、そういう人たちは受験勉強に時間がかかりすぎて飽きてしまい、別のことに時間を費やしてしまっているように思う」

それからまた半刻あまり、大黎は国士太学や官僚を目指す心得のようなものを遊圭から聞き出し、遊圭もまた思いつく限りは話して聞かせた。

日が傾いてきたので、竹生に馬を二頭出させ、大黎と連れだってルーシャンの本邸へと向かう。

道々、大黎は継母との関係について打ち明けた。

大黎は素直な気質の少年で、都に送られた当時は思春期も迎えておらず、父の新しい妻が、自分にとっては新しい母親となることに疑問を抱いていなかった。

妊産婦の死亡率が高く、また気候風土の苛酷《かこく》な辺境では、生まれた時から成人するまで両親がそろって生きていることの方が珍しい。新しい父や母に気に入ってもらえるかどうかは、小さな子どもにとっては死活問題であった。

大黎には兄と弟がいるが、三人とも母が違う。大黎自身は幼いうちに生母と死別していた。弟の芭楊《バヤン》の母は父の後妻であったが、相性は悪くなかった。ルーシャンの長男であり、年の離れた異母兄のラクシュにいたっては、その存在すらつい最近まで知らなかったせいか、他人以上に遠い存在だ。

そうした複雑な、あるいは希薄な家族関係は、都でもそれほど珍しくない。上流階級や富裕の家では、あるじが妾《めかけ》を多く抱え、母の異なる兄弟姉妹が大勢いるのもいたってふつうのことであった。

「父に、新しい母とうまくやるように、と言い含められて都に来たときは、とても緊張していました。ですが、継母《はは》は『自分は子を産んだことも育てたこともない。母としていたらぬところがあれば、遠慮せずに言うように』とおっしゃってくださったので、わからないことや、困ったことはその都度、話し合ってくることができました」

大黎は嬉《うれ》しそうに継母について語る。

前に遊圭がルーシャンの使いで訪問したときの印象では、劉氏はあまり表情に変化のない女性であった。だが、姿勢の正しい貴婦人であることは疑いがない。夫の留守を守り邸《やしき》を切り盛りし、息子を育てることを、至上の役目と考えているようだ。

「継母はしつけには厳しい方ですが、とても優しくもあります。はじめは都に馴染《なじ》めず、学問にも興味が持てずにいたぼくに、馬を買ってくれたり、武芸の師範もつけてくださったりしました。でも、学問が捗《はかど》る方がずっと喜んでいただけるので、童試に受かって継母の期待に応《こた》えたいのです」

往々にして、前妻の子が後妻によって不遇な目に遭わされたり、虐待されたりする話を見聞きすることを思えば、劉氏と大黎の睦《むつ》まじさはとても珍しく、幸運であると遊圭は思う。

「それなら、わたしで役に立つことがあれば、いつでも相談に乗るよ。そうか、新年にはルーシャンが上京するんだね。そのときは、みんなで遊びに来てくれないか」

「ええ！　もちろんです」

仕事が忙しく、体調は思わしくなく、さらに婚約者であった明々の消息がいっこうにつかめず、心身ともに低調な遊圭であったが、大黎の明るい笑顔に励まされる。

遊圭が旧知の友である橘真人《きつまひと》と、やがて義兄弟となる運命の陶玄月《とうげんげつ》の訪問を受けて、ようやく明々と再会できたのは、この三日後のことであった。

ルーシャン

金椛《ジンファ》帝国の北西にある河西郡《かせいぐん》と、西方諸国への出発点である楼門関《ろうもんかん》を守護する異国出身の将軍ルーシャンは、年初に朔露可汗《さくろかがん》国の侵略を阻止し、楼門関の西へと追い返した。

金椛に勝利を、河西郡に平穏を取り戻した功績によって、ルーシャンは官位を上げ、游騎《ゆうき》将軍から明威《めいい》将軍に昇進した。

官位とともに俸給も上がり、さらに国伯の爵位も賜るということであったが、本拠地である楼門関の方盤城《ほうばんじょう》が、朔露軍によって破壊され燃え落ちてしまった。そのため、再建に時間がかかり、ルーシャンは一年が過ぎても上京できずにいた。河西郡の行政長官であり、朔露軍との交戦時には金椛軍の総司令官でもあった太守の蔡進邦《さいしんほう》もまた、同じ理由でほぼ休みなく働き詰めであった。

だが、この新年は第三代皇帝司馬陽元《しばようげん》の即位十周年ということもあり、朔露軍撃退の英雄でもあるルーシャンと蔡進邦は、春節の祝賀式典の後に催される宴会に、主賓格の席が用意されている。

「我々がふたりとも楼門関を離れてしまえば、朔露軍がこれを好機と襲いかかってきたりはせぬか」

蔡太守は寒風の吹きすさぶ楼門関の楼台から、茫漠《ぼうばく》とした荒れ地と砂地が入り交じる、はるか西の彼方《かなた》を眺めやって不安げに言った。そばに立つ幾人かの幕友から一歩前に立って控えるルーシャンが、豪快に応じる。

「楼門関へ攻め来るのに、ユルクルカタン大可汗が我らの在、不在にいちいち頓着《とんちゃく》することはありえません。やつらは、来るときには来る。長く続いた戦により、我らの兵士たちの練度も上がり、臨機応変に戦える将官の層は、むしろ厚くなりました。万が一、ユルクルカタンと朔露軍が攻めてきても、留守居の河西軍だけで、黄砂に視界を奪われ、大軍を動かせなくなる春までは、充分に持ちこたえるでしょう」

先の戦では、可汗王家の継承問題が朔露軍撤退の主原因となった。ルーシャンはその問題をさらにこじらせるために、工作員を送り込んでいた。

「次期大可汗の座を狙って、小可汗ら兄弟の対立も順調に深まっているようです」

「そのように事が簡単に運ぶものだろうか」

蔡太守はいささか懐疑的にルーシャンに問いかけた。ルーシャンは鷹揚《おうよう》に答える。

「金椛国と朔露国だけの戦《いくさ》では、ございませんからな」

朔露可汗の軍の半分以上は、朔露人の将兵ではないことを、ルーシャンは指摘した。

およそ二十年ほど前に大陸北部に勃興《ぼっこう》した朔露可汗国は、稀代《きたい》の英雄ユルクルカタンによって統一された。ユルクルカタンの野心はそこで止《とど》まらず、さらに領土を広げ富を得るために、軍を率いて大陸の西方諸国を征服し、続いて南大陸の一部を併呑《へいどん》し、ついには東へと折り返して大陸中央部の都市国家群を跪《ひざまず》かせてきた。

これまでにユルクルカタンが征服し、服従させてきた国々と民族はその数も知れず、膨れ上がった朔露軍は、朔露人以外の兵士によっても構成されていた。

蔡太守は沈痛な面持ちでうなずく。

「ルーシャン将軍が我が国の兵を率いてくれたのは幸運であったが、朔露軍には康宇国を始め西方諸国の兵士もいた。かれらのなかにはユルクルカタンに降伏し、可汗国の尖兵《せんぺい》とさせられた将軍の同胞も多かったのではないか。胡部出身の兵士たちには、同胞相撃つ戦闘もあったのではと思うと、いまさらではあるが惨《むご》い戦だった」

「蔡太守のお心遣いには痛み入ります。だが、同胞がユルクルカタンの懐に入り込んでいたお陰で内訌《ないこう》を起こさせることもできました。悲観することばかりではありません」

金椛軍が朔露の軍を敗退せしめることができたのも、朔露の宮廷に投降し仕えていた金椛人と西方民族の官吏が、秘密裏に企《たく》んだ造反が成功したからでもある。抜け駆け争いによって突出し、金椛に囚《とら》われた息子らを取り返すために、ユルクルカタンは講和を求めざるを得ず、東大陸征服の野望は挫《くじ》かれた。

とは言え、いまだ五十代のユルクルカタンは壮健で、朔露可汗国は広大な領土を有する大国である。先の戦役の痛手から回復すれば、ふたたび軍を興して東へ進むであろうことは疑いがない。

現在の平和が一時的なものであろうことは、ルーシャンにとっても、蔡太守と皇帝陽元にとっても、わかりきったことだ。いつになるかわからぬ朔露の来寇《らいこう》に備えて、楼門関の再建は急務であり、防衛の増強と河西軍の練兵に日々余念のない一年であった。

「緩衝地帯の哨戒《しょうかい》も充分に成果を上げています。久しぶりに都の空気を吸いに帰っても、バチは当たりますまい。蔡太守にはご家族も都におられるわけですから」

「ルーシャン将軍も、都に妻子がいるのではないか」

ルーシャンは赤茶けたヒゲの中で歯を見せて笑った。

「次男が国士太学を受験したそうですが、結果の報を聞かないところをみると、合格しなかったようですな」

「そういえば、御次男はおいくつになったかな」

砂漠を渡る風の冷たさに耐えかねた蔡太守は、ルーシャンを階段へと促す。ふたりは屋内へと歩きながら、世間話を続けた。

「さて、いくつになったか――都に送ったころは十になるかならないかであったと記憶していますが」

ルーシャンは覚束《おぼつか》なげに指を折った。

「では加冠の儀もまだであろう。よほどの神童でもない限り、成人前に国士太学に合格することはない。それに、玄月や遊圭の話を聞けば、あまりに早く国士太学に入るのも年上の学生に妬《ねた》まれて苦労するらしいからな。何度か受験して胆力を鍛え、二十歳前後で入学した者の方が、官僚登用試験の合格率は高いともいう」

「なるほど。では帰京の折りは、あまり焦らぬよう次男に言い聞かせておきましょう」

「それがいい。それに、将軍の正室は劉大官の令嬢であったな。金椛人の母親は教育熱心になりがちだ。正室の肩に力が入りすぎているようなら、そちらも気を配った方が良い」

正妻といっても、劉氏は五年前に政略結婚で娶《めと》った相手であり、ルーシャンの息子たちの母親ではない。しかも、名門劉家の令嬢でありながら、容姿に問題があるとされていたために婚期を逃がしていた女性であった。とはいえ容姿に関しては、噂に反して端整な顔立ちと、すっきりしたたたずまいには瑕瑾《きず》も見当たらない。長く豊かな黒髪は解《ほど》くと闇に広げた帳《とばり》のようで、しっとりとした手触りが、初夜の記憶として指に残っている。

本人と周囲が気に病んでいるという疱瘡《ほうそう》の痕《あと》も、化粧で隠せる程度のものだ。ルーシャンにとっては問題とすら映らなかった。

だが、祝言ののちすぐに前線の任地に赴いたルーシャンは、新妻とは片手の指で数えるほどしか会っていない。一緒に過ごした時間も、合計してひと月を超えるかどうかといったところだ。

数万規模の兵権を預かり、地方に赴任する将軍職として、ルーシャンは直近の家族を人質として都に留め置く義務を負っていた。

正妻を都に残してきただけではなく、辺境の任地で育てていた次男もまた、ルーシャンは都へ送りだした。結婚したとはいえ、互いによく知っているとは言えない人間に、我が子の養育を任せてきたことになる。赤の他人同士が、夫・父のいない家でいきなり母子となって暮らす日々とは、どのようなものであるか。

とりあえず、ルーシャンは官家かつ家庭人としても先達である蔡太守の意見を、礼を以《もっ》て聞き入れた。


このたびの帰京では、ルーシャンは長男のラクシュと、三男の芭楊《バヤン》も伴った。芭楊はようやく十歳を超えたところで、次男のダーリヤーがひとりで都へ上ったときと同じくらいの年頃となっていた。ラクシュにいたっては、ルーシャンが十代の後半に娶った最初の妻との間に生まれたこともあり、すでに二十代半ばの青年である。

帝都の自邸に一家がそろい、夕餉《ゆうげ》を囲んだものの、芭楊が河西郡の近況や道中の出来事をダーリヤーと話すばかりで、家族間の会話は弾まない。

それもそのはずで、三人の息子たちはそれぞれ年が離れている上に、三人とも母親が違う。ダーリヤーと芭楊は幼少期を共に過ごしたこともあり、まだ兄弟という感覚はあった。だが、ラクシュにいたっては康宇国でルーシャンの親戚《しんせき》の手によって育てられ、弟たちや継母《ままはは》と初めて顔を合わせたのはほんの二年前、朔露戦の最中であった。

家庭内で使われる金椛語を理解しないわけではないのだが、弟たちは河西郡訛《なま》りの早口で言葉を交わす。すでに成人して何年も経ち、各地を放浪して経験を重ねてきたラクシュにとって興味のある話題は提供されない。退屈しつつ腹を満たし、一人杯を重ねては、用意された寝室へ下がる機会を窺《うかが》っている気配が濃厚だ。

いっぽうの劉氏は、上流婦人の嗜《たしな》みとしてか、あるいはそういう性格なのか、食事中はほとんど口を開かなかった。ダーリヤーの学問の進み方について、ルーシャンに訊《たず》ねられたときのみ、簡潔な答を返す。

昨秋の童試に落ちたことを妻の口から聞いたルーシャンは、次男へと話を振った。

「ダーリヤー、おまえは本当に官僚になりたいのか」

次男は面食らって眉《まゆ》を上げ、箸《はし》を持ったまま父親を見つめる。

「お父さんは、そのようにお望みではないのですか」

ルーシャンも意表を突かれた体で、次男を見つめ返した。

「俺がそんなことを言ったか」

ルーシャンの記憶が曖昧《あいまい》というよりも、この数年が忙しすぎたのだろう。次男と最後に会話をしたのがいつだったのかも、はっきりとは思い出せない。だが、ダーリヤーが継母の顔色を窺うように困惑の眼差《まなざ》しを向けたことから、おおよそのいきさつを察した。

次男を人質として都へ送り出したときに、継母となる劉氏とうまくやるよう言い聞かせ、劉氏には次男の教育を万事任せることを伝えた。官家の娘である劉氏にとっては、教育とはすなわち官僚に育て上げることであり、国士太学へ入れるための受験準備に他ならない。次男が官僚になることが夫ルーシャンの意思であると判断して、学問に打ち込むようダーリヤーの尻《しり》を叩《たた》いたのだろう。

劉氏は特に表情を変えず、ダーリヤーからルーシャンに視線を移した。ルーシャンは軽くうなずく。

「もちろん、ダーリヤーの将来のためには、しっかり勉強はしてもらいたいと思っているさ。金椛では学問を修めて官僚になるのが、立身出世の一番の近道だからな。ただ、国士太学に入るだけでも、大変な量の書物を読んで覚えないといけないそうだな。太学に入ってからの競争も激しく、登用試験に受かるのも何千何万にひとりという話だ。誰にでもできることではない。おまえ自身が本心から官僚になりたいと思って学問に打ち込むのならば、きっと成し遂げられるだろうが、もしそうでなかったとしたら、他の生き方もあることは覚えておけ」

次男は茶色い瞳《ひとみ》に困惑を残したまま「はい、お父さん」と答え、食事を続けた。

それぞれが寝所に引き揚げ、ルーシャンはまさに二年ぶりに妻の肌に触れる。

従順に閨事《ねやごと》も務める劉氏に不足はないが、ルーシャンは次男と三男の教育方針について話し合うとっかかりがつかめずに、会話もなく枕を並べたまま夜も更けていく。

会話の糸口が見つからないのは、いまに始まったことではない。というよりも、劉氏と何かを話し合ったことすら、これまでなかったのではないか。政略結婚であったことよりも、辺境勤めのルーシャンは、滅多に都の自邸にいたことがなく、たまさか都に上ったときでさえ、劉氏との閨を温める暇もほとんどないまま、飛び回っていたのだ。

次男の養育についても、ほぼ書簡のやりとりですませていた。

遡《さかのぼ》って息子たちの母親についても、いまとなってはおぼろげな記憶しか呼び起こせない。次男の母親の名前すら思い出せなかった。

今回はひと月以上は都にいる予定であり、都に伝手《つて》も増えたいま、知人や友人を邸《やしき》に呼ぶこともあるだろう。金椛の女性は妻女であろうと客人の前に出ることはないというが、自宅で宴《うたげ》を催したり、季節の贈答には夫の交流関係を把握したりする必要はある。また、親しい友人や恩顧を受けた相手には、夫婦で顔を合わせることもあるという。夫人同士の交流もあるというし、胡人の縁故にいたっては女性の出番も少なくない。

そういえば、ルーシャンが都にいない間、劉氏はなにをして過ごしていたのか。まさか一日中ダーリヤーの教育に明け暮れていたわけでもあるまい。

「ダーリヤーが都人らしく成長していたのは、良かった。慶城にいたころは腕白で手がつけられなかったが」

劉氏に話しかけたつもりが、ひとり言のようにも聞こえる。少しの間を置いて、劉氏が応《こた》えた。

「都に慣れるのに半年はかかりました。お手紙に書いておきましたが」

「読んだ。覚えている」

ルーシャンは急いで応え、話を続ける。

「あれは、母親の顔も知らん。母親が病死したのちは慶城の胡部に住む親戚に預け、芭楊の母と再婚してから引き取ったが、芭楊の母も長生きしなかった」

「話は本人から聞いています。実母の名も知らないと言っていました」

「覚えていないのか」

ルーシャンは片手を上げて頬を撫《な》で上げた。

「教えてあげないのですか」

自分も忘れてしまったとは言い難く、ルーシャンは唸《うな》り声を上げる。

「そのうち思い出すだろう」

ダーリヤーの母と顔を合わせた数は、劉氏よりも少なかったのではないか。

「みな、黒髪なのですね」

劉氏が溜《た》め息のように低い声で言った。

「息子どもがか」

ルーシャンは茶色がかった赤髪である。癖の強い巻毛のために、金椛の習俗に従って頭頂で束ねて髷《まげ》を結っても、後れ毛がくるくるふわふわと顔の周りで揺れるさまが獅子《しし》の鬣《たてがみ》を思わせることから、『獅子将軍』のふたつ名の持ち主でもあった。しかし、息子は誰一人として、ルーシャンの淡い色の瞳と赤髪を受け継がなかった。

間もなく燈台《とうだい》の油が尽きようとする薄闇の中で、ルーシャンは自分の赤い髪をつまみ上げた。記憶のずっと深いところから、長く艶《つや》やかな黒髪を櫛《くし》で丁寧に梳《す》く女の後ろ姿が浮かび上がる。

「母親はみな、東方人だったからだろうな。ダーリヤーの母は金椛人との雑胡《ざっこ》で、芭楊の母は生粋の金椛人だった。顔立ちはダーリヤーが最も金椛人らしいが」

胡人にも黒い髪は珍しくない。むしろ赤髪や金髪の胡人が少数だ。だが、言われてみればルーシャンが妻に迎えた女はみな、漆黒の直毛が美しい東方人であったと、いまさらながら自覚した。枕に広がる劉氏の髪を、ルーシャンは無骨な太い指で無自覚にすくい上げた。胡人にはない剛とした硬さと、ひんやりとした感触。

一般的には、夫の女性遍歴に妻が興味を持つことはないと聞いている。劉氏はどうなのだろうとぼんやり思っていると、薄闇の中から低い声が問いかける。

「ラクシュさんのお母さまは、ご存命ですか」

「いや」

劉氏が小さく息を吐く音が聞こえた。先妻がすべて短命だったと聞けば、恐ろしい気持にもなるかもしれない。

「辺境で長生きするのは、難しい。戦争がなくても異民族や流れ者は襲ってくる。村同士で諍《いさか》いもある。産婆も少なく、病気になっても医者はいない。ダーリヤーと芭楊を都で養育できれば、それに越したことはない」

「なかなか都に馴染《なじ》まず、いつも故郷を恋しがっていましたので、西沙州《せいしゃ》はよほど良いところなのだと思っておりましたが」

会話が続いていることに気をよくしたルーシャンは、最後に楼門関の楼台から見た風景を思い出して言った。

「広々とはしている。砂漠に沈む夕陽も美しい。そなたにも、いつか見せたいものだ」

劉氏はすぅと息を吸い込んで、しばし沈黙した。

都を一歩も出たことのない深窓育ちの令嬢にとって、三千里の彼方《かなた》にある辺境の地を訪れるのは、たとえ想像でも恐ろしいことであったかもしれない。それも、つい最近まで戦争で多くの人々が逃げ惑い、万を超える兵士らが命を落としたという最果ての地。砂漠を染め上げて沈む夕陽の赤は、その地で没した者たちの血潮によって彩られているのではないか。

劉氏が応えないので、眠りに落ちたのかとルーシャンはまぶたを閉じかける。

「旦那《だんな》様は、楼門関よりも、もっと遠くの国からいらしたのですね」

ルーシャンの祖国へは、金椛国の帝都から馬や駱駝《らくだ》を乗り継いで、順調に進んでも半年はかかる。辺境の楼門関を初夏に出れば、康宇国に着くのは早くても秋も終わりの頃だ。そのうち砂漠越えが半分、あとは山岳地帯と大草原。都市は無人の大地に浮かぶ島のようなものだ。しかも、都市から都市へと交易しながら進むので、片道で一年かかることも珍しくない。

「どのくらい遠いのか、想像もつきません」

夫の説明に、劉氏は静かに息を吐きながらつぶやいた。そのささやくような声に、すっかり記憶の底に埋もれた康宇の街並みが、ルーシャンの脳裏に浮かび上がる。

「十三で家を飛び出してから、交易と傭兵《ようへい》稼業で東西を行き来して、ひとつところに落ち着いたことがない。そういえば、息子たちの誕生にも、亡妻らの死に目にも立ちあえなかった。長くて慶城が三年。いや、官職を得て、都と嘉城《かじょう》にそれぞれ邸を構えてからも、三年が経つか。ずいぶんと長い間、旅をしていたような気がする」

「そうおっしゃる旦那様の生きてこられた道も、想像がつきません」

苦笑のこもったささやき声が返ってくる。

故郷の康宇国を最後に目にしたのは、いつのことだったか。

ユルクルカタンの攻城戦によって、都市国家の康宇国はひどく荒廃したという。

ならば、もしもルーシャンが帰郷することがあるとしても、その風景も人々の顔も、全く見知らぬものになっていることだろう。

今日この日までかれの生きてきた道もまた、すでに記憶の中にしか存在しない生まれ故郷のように、いつかは砂漠の蜃気楼《しんきろう》と化してしまうのだろうか。

「想像はつかないとしても、聞きたいか」

ルーシャンは劉氏に訊《たず》ねた。灯火《とうか》の油も絶えた闇の中で、劉氏が枕の上で身じろぎをする。こちらに顔を向けた気配だ。

「都の外に生きる人々の話ですか。ぜひ伺いたいです」

劉氏の声音には、かすかな微笑の響きが漂っていた。

ルーシャンはどこから始めようかと、忘れ去っていた遠い記憶を掘り起こす。

「俺が最初に故郷を出たのは、十三のときだったな——」

康宇の少年

康宇国は王国ではない。国の方針を決めるのは王でも天子でもなく、土地の有力者から選ばれた、元老と呼ばれる人々によって構成された評議会である。

ルーシャンの父は、この元老のひとりであった。

康宇国に限らず、大陸の中央部から西部にかけては、降雨量が少ないために砂漠や荒れ地がほとんどを占める。多くの人口を養える耕地は狭く、人の住める土地は少ない。

山嶺《さんれい》の雪解け水が地下に染みこんで伏流水となり、低地にいたって地表へ顔を出す。そうしてできた湖の畔《ほとり》と、砂漠や草原を流れる河川沿いに、飛び石のように都市や城邑《じょうゆう》が位置し、それぞれが独立した行政体として機能していた。

強大な国家を建設するための農業基盤は脆弱《ぜいじゃく》な土地であったが、大陸の中央西部に位置する地の利を活《い》かし、東西南北を行き来する隊商交易の交差点として、商業が盛んでもある。

相互の距離が比較的近く、文化や言語を共有する都市は、緊密な連絡を取り合う都市連合を形成することもあり、康宇国もまた周辺の衛星都市や農村を支配下に置く、ゆるやかな連合都市国家であった。

「ルーシャンは今日も来ていないのか」

行政区に近い街の一角にある私塾では、出席を取り終えたごま塩あご髭《ひげ》の講師が、十数人の子弟の顔を見回して嘆息した。

康宇国には、初歩的な手習いから、高度な商業知識と交易術を教える私塾が、街角の数ほどある。学徒の一人が足りないことを嘆く、ごま塩あご髭の講師が教えているのは、複数の言語と交易について学ぶ商業に特化した塾であった。

都市の基盤となる限られた農地や放牧地は、その地に根を張った有力氏族らが所有し、代々受け継がれていく。土地を相続する資格のない子弟たちは、商人となるために、幼いころより私塾に通わされるのが一般的であった。

ごま塩あご髭講師の教室には、中流から上流の家庭から送り込まれた、十代前半の子弟たちで賑《にぎ》わっていた。

康宇国では二十歳を成人とする。宗家の嫡子ではない子弟らは、成人に達すると家を出て自立することが求められる。そのほとんどは実家のみならず、祖国をも出て行く。元老一族の子弟でさえ、例外ではない。

交易商人となって世界を渡り歩き、町から町へ、国から国へと交易しては利潤を稼ぎ、その富を康宇国へ持ち帰る役目を担うことになるのだ。

私塾で習得するのは、読み書きの基本から商業に必要な算数と計量、異国の言語、そして知られている限りの大陸各地の地理志などである。どれも異郷で生き延び、富とともに帰還するために必要な知識ばかりだ。

だが、ルーシャンは十三になってからこの半年近くは、どういうわけか私塾をサボりがちであった。他の子弟に交ざって机に向かい、教師から学ぶことに興味を覚えず、日がな都市の市場や盛り場、あるいは城外の草原を走り回って過ごしている。

康宇国の評議会でも発言力のある父を持つルーシャンが、放蕩者《ほうとう》の烙印《らくいん》を押されては家名の汚れではある。かといって、やる気のない少年を机に縛りつけても、周囲の子弟らの気を散らすだけで、誰にとっても得にはならないと、私塾の講師は匙《さじ》ならぬ教鞭《きょうべん》を投げる始末だ。

まさに、格言の云う『首に縄をかけて馬を水場に連れていくことはできても、馬が望まなければ強いて水を飲ませることはできない』というやつだ。おとなの云うことを聞くまいと心に決めたルーシャンの頑固ぶりは、馬どころか首に縄をかけて引っ張っても、びくとも動かない驢馬《ろば》そのものだ。

計数や駆け引きの知恵を苦手とする者は、武芸を磨いて都市の守備兵になるか、交易商人らが組織する隊商に雇われ、護衛兵となる道もある。

実力者の父親の威光があるのだから、あのきかん気の少年が成長し、どう転んだところで、食いっぱぐれることはないだろう。

講師は肩をすくめて頭を振り、赤毛の少年の面影を追い払った。

その日も、私塾へゆくと見せかけて外出したルーシャンは、多くの出店で賑わう朝市を歩き回っていた。

肩まで伸びた髪を首のうしろで束ね、いかにも上物の赤く染めた革の胴着と、くるぶしまで覆う革の靴で、石畳の町を闊歩《かっぽ》する。意志の強さがそのまま眼力に表れた薄茶色の瞳《ひとみ》、自尊心の高さをそのまま示すかのような高い鼻と厚めの唇。口角は常に何かを企《たくら》んでいるかのように、楽しげに上を向いている。身長は周囲のおとなたちとさほど変わらず、大きな手と広い肩幅に比べて痩《や》せた体軀《たいく》は、骨格と背丈に成長が追いついていない印象であった。

左腕を上げると、七色に染めた羊毛で編んだ組紐《くみひも》の腕輪が六本、腕に巻かれているのが袖《そで》の下から見えた。手首に近いものは古く色あせ、擦り切れているが、肘《ひじ》に近づくほど新しく色鮮やかで、三角形と菱形《ひしがた》を組み合わせた模様もくっきりとしている。

装飾品ではなく、母親や姉妹、あるいは女の親族が、子どもの健やかな成長を願って編み上げる、手作りの護符だ。毎年新しい腕輪を編み上げ、古いものと交換するのが一般的な習俗であるが、ルーシャンはすでにきつくなっている古い腕輪も捨てることなく身につけていた。

互いに顔を知る商売人もいて、世間話に耳を傾けては屋台から露店へと、花から花へと飛び回る蜂か蝶《ちょう》のように、あちらこちらの店主と言葉を交わしてゆく。

朝市は主に野菜や乳製品などの食料品を売買する場であり、ルーシャンが必要とする商品や、興味を引くものはない。

かれが注意深く観察しているのは、売り主と客の駆け引き、身分や職業によって異なる人々の服装や物腰だ。特に、康宇人とは異なる風俗の異国人と、異国の言葉を話す人々を見かけると立ち止まり、どこから来てどこへ行こうとしているのか聴き取ろうと、耳を澄ませる。

昼近くなってくると、青物の生鮮食品を扱う露店が減り、羊や豚の肉を焼く香ばしい匂いが漂い始める。朝は少なかった肉料理を供する屋台が増えたのだ。焼きたてのナンも、この時間になると大量に積み上げられ、売り子が大声で客を呼び込む。

ルーシャンは、携帯する小刀で片手に持ったナンを割いて広げ、屋台で買った羊の削《そ》ぎ切り肉をたっぷりと載せた。屋台の上に並べられた匙入りの壺《つぼ》は、練り辛子や酢漬けの葉野菜、果物の甘露煮、あるいは堅果と豆を擂《す》り潰《つぶ》して練った調味料と薬味だ。客は自分の好みに合わせて自由にすくい取り、肉と合わせていい。

ルーシャンは野菜の酢漬けと杏《あんず》の蜜《みつ》漬けを、ナンと肉の間に挟んだ。こぼさないように上下からぎゅっと押して、肉詰めナンを口に運びながら、市から市へ、街路から街路へと歩き回る。

食べ歩きするルーシャンの背後を、二頭の野良犬がこぼれ落ちる肉切れを求めてついていく。

「おい、ルーシャン。また塾をサボってうろつき回っているのか。親爺《おやじ》さんに折檻《せっかん》されるぞ」

籠《かご》入りの鶏を売る屋台のひとつから、派手な縞《しま》模様の頭巾《ずきん》を巻いた中年の男が、親しげな声をかけた。

「何をやらかしたって、親爺様に折檻されたことなんかないよ。自分にそっくりな息子が可愛くて仕方ないんだ。奥方様はそれがご不満みたいだけどな」

ルーシャンは言い返してから分厚い肉詰めナンを食べ終え、鶏屋に近づく。

「だが、塾に行かなけりゃ、親爺さんの跡は継げないだろうに」

「嫡出の息子じゃないんだから、逆立ちしたって元老にはなれないよ。私塾はくだらんし、家にいれば奥方の機嫌が悪くなる。交易商になるために私塾で習うようなことは、市場を見て歩いても学べる。それよりさ」

ルーシャンは鶏屋の男に近づいて声を低めた。

「徒弟を雇ってくれる交易商人は見つかったか」

「なんだ、まだそんなことを言っているのか。おまえさんの年じゃ、まだ家を出るにゃ早すぎるだろう」

鶏屋は眉《まゆ》を上げて少年を見つめ、あきれ口調で諭そうとした。

「元老の家に生まれて、食うもの着るものに困っているわけでなし、なんで貧乏人や奴隷のように、子どものうちから働きたいんだか」

ルーシャンは籠の中の鶏をのぞき込みながら、不満げに吐き捨てた。

「親が金持ちだからって、その子どもが飢えや寒さを知らないってのは、貧乏人の思い込みだぞ」

「貧乏人で悪かったな」

鶏屋は眉間《みけん》に皺《しわ》を寄せた。それから、多少の同情を込めて訊《たず》ねた。

「親爺さんの奥方と、うまくやれないのか」

「はじめっから嫌われてるんだ。うまくいきようがない」

「だからって、家を飛び出して交易商人の使いっ走りになっても、いまより惨めな暮らしをするだけだ。死ぬほどこき使われるだけならまだしも、少年好きの助平爺《すけべじじい》にひっかかっちまったらどうする」

娼館にも、人を売り買いする市場にも出入りしたことのあるルーシャンだ。鶏屋の言いたいことはわかる。奴隷市場で取引されるのは、使役用の人間だけではない。見目良い少年少女たちが丸裸にされて、好色そうな男たちに買われていくのを目にしたのは、一度や二度ではなかった。

自分とそれほど変わらない年頃の少年が、売られてゆくのとすれ違ったことがある。少年の無気力な灰色の瞳は焦点が合っておらず、一瞬だけ目が合ったものの、その視線はルーシャンを透かして何も見てはいなかった。

ルーシャンはぶるっと身震いをした。

「そういうときだけ、親の七光りを使うのはどうかな。康宇元老の息子に手を出す交易商人は、いないだろ」

鶏屋はあきれて首を横に振った。

「だからおまえさんはガキだっていうんだ。元老の血筋なんぞ、康宇国を一歩出ちまえば、銅貨一枚の値打ちもねえんだぞ。そんな考えの甘いお子さまに、猛獣や盗賊だらけの荒野だの森だの、魔物のうろつく砂漠だのを行き来する荒くれた交易商なんぞ、紹介できるか」

ルーシャンは空籠をひっくり返し、腰を下ろした。腿《もも》の上に肘をつき、両手に顎《あご》を乗せて頬杖《ほおづえ》をつく。

「家にいたって、奥方の顔色を窺《うかが》う召使いと、親爺様の言う通りのことしかしない従僕ども、奥方の権威を笠《かさ》に着て威張り散らす嫡出の兄弟ばかりじゃ、何年経っても賢くなれるとは思えないね」

赤毛の少年が愚痴をこぼす間に、鶏屋は二羽の鶏を売る。

「愚痴っている暇があれば、そっちの籠の鶏をさばいてくれ。あとで茶を買ってやる」

「おう。飴《あめ》も買ってくれよ」

「やっぱりガキだな」

ルーシャンは一日の大半を、こうして屋台から屋台へと歩いては雑用をこなして小遣いを稼ぎ、商売と細々とした生活の技を学んで過ごす。

あちらこちらのおとなたちと顔をつなぎ、隊商が組まれるという話を聞けば、隊商宿まで出向いてゆく。駱駝《らくだ》や荷車、馬の手入れに忙しい傭兵《ようへい》らの間を縫っては話しかけ、目的地や商品について質問を浴びせた。

「おい、ぼうず。仕事を探しているのか」

鋲《びょう》を打った革の胴着と乗馬靴を身につけた傭兵のひとりが、赤毛の少年に話しかける。

これまで誰にも相手にされなかったルーシャンは、喜びを隠しきれずに傭兵のもとへ駆け寄った。

「東へ行く隊商があれば、荷運びでもなんでもやる」

男の身なりといえば、革の防具は傷も多く着古され、衣服はもとの色がわからないほどくたびれていた。だが、髪には櫛《くし》が通り、首のうしろで丁寧に束ねられている。近づいても臭いがしないところから、衣服はきちんと洗濯してあるようだ。衿《えり》から出た首筋に垢《あか》は溜《た》まっておらず、武器の金属部分は陽光を反射していた。身だしなみと武器の手入れに、充分な時間をかけているようだ。

どこへ行っても子ども扱いされるルーシャンだが、相手を見るときの目の付け所は、父親から教えられていた。

長旅から帰ってきた商人や雇われ護衛が、埃《ほこり》まみれ垢まみれになるのはしっかり仕事をしてきた証拠だが、これから都市を発《た》つ連中が、武器の手入れや身だしなみをおろそかにしているのは信用がならない。

父の言葉を信じるなら、ルーシャンに話しかけた傭兵は、人格はともかく仕事の手を抜くような人間ではないことが推し量れる。この傭兵が、雇い主の交易商にわたりをつけてくれるかもしれないと、ルーシャンは精一杯の笑顔を見せた。腕を上げて袖をまくり、肘を曲げて力こぶをつくる。

「おれ、見た目より力があるんだ」

ルーシャンが相手を値踏みしたのと同様に、男もルーシャンの顔をまじまじと見た。

男と変わらぬ身長に反して、顔はつるりとして肌の張りや頬の柔らかな線から、いまだ思春期半ばの年齢と見える。

年端のいかぬ子どもに声をかけたことを悟った傭兵であったが、ルーシャンの身なりをじっくりと検分して考え直した。

織りの細やかなしっかりした素材の上着は、とても質が良い。だが、少年には少し大き過ぎる上に着古されている。擦り切れた袖口《そでぐち》の当て布はあり合わせの生地らしく、素材と色が上着のそれと一致していなかった。中央大陸では一般的な、布をたっぷり使う脚衣は、裾《すそ》を上げるために膝下《ひざした》で括《くく》られていた。少年の体にぴったり合っているのは、くるぶしの上まで包む革靴くらいなものだ。

　ベルトで締めた腰から上も身幅が余っていて、成長期の入り口に立ったばかりの肩と胸の薄さが見て取れた。

　暮らし向きは悪くないものの、子だくさんの家庭の末あたりに生まれたために、成人を待たずに食い扶持《ぶち》を稼がねばならない事情を抱えている、といった風情だ。

　そして目つきが尋常でない。先ほど声をかけたときに、少年の視線が自分の装備を舐《な》めるようにして見ていたことを、傭兵は気づいていた。

「荷運びの人手は奴隷で間に合っている。ぼうずは武器を使えるのか」

「おれは傭兵になりたいんじゃない。荷運びがだめなら、帳簿管理もできる」

　傭兵はぶっと音を立てて噴き出した。

「ポッと雇ったガキに、金勘定を任せる商人がいるものか」

　それがわかっているので、ルーシャンは荷運びの求人を探しているのだ。

「康宇の人間は、奴隷にいたるまで読み書き計数ができるからな。荷運びと帳簿管理くらいじゃ、ぼうずの年で仕事なんぞないだろう」

傭兵は下に向けた掌《てのひら》を上下に振って、『あちらへ行け』と追い払う仕草を向ける。

「仕事が欲しけりゃ、あと五年もしてから身元を保証した紹介状を持ってこい」

未成年の身元を保証し、紹介状を出してくれる商会など、康宇国にはない。それ以前に、たとえ商会の有力者であろうと、ルーシャンの父親が誰であるか知れば、子どもが遠い異郷に連れ去られるような仕事を、斡旋《あっせん》することはなかった。

体よく追い返されたルーシャンは、その後もあきらめずに市場を歩き回り、隊商宿に出入りした。


夕食の時間が終わるころ、ルーシャンは父の館《やかた》に戻る。食堂には行かずに台所から入り込んで、下げられてきた皿から適当に肉とナンをかき集め、玉葱《たまねぎ》のスープと果物を抱えて、立ったまま食べ始める。

給仕の召使いが、あきれた顔で山羊《やぎ》乳で煮出した茶を差し出す。

「ルーシャンぼっちゃん。ちゃんと食事の時間にお帰りになってください」

口いっぱいに頬張ったナンを、乳茶で飲み下してから、ルーシャンは不平を漏らした。

「あそこじゃ、食った気がしないんだよ」

「こちらでお召し上がりになるにしても、外の埃を落として、着替えてからにしてください。あたしらの掃除の手間が増えるじゃないですか」

竈《かまど》の灰に塗《まみ》れた炊女《かしきめ》が、遠慮のない物言いで文句を言う。

「掃除くらい、めしを食い終わったら手伝ってやるよ」

「あいにく、今夜はぼっちゃんのお手を借りるわけにはいきません」

給仕が冷淡に口を挟む。

「お帰りになったら、旦那《だんな》様の書斎に顔を出させるように、言いつかっています。逃げずに旦那様のお説教を聞いてくださいよ」

ルーシャンは「ふん」と鼻を鳴らしただけで、返事をしなかった。

残り物をたらふく食べて自室へ戻る途中で、四、五人の異母兄弟とすれ違う。まるで塾や神学寮のように、十代から二十代の青少年たちが互いに声を掛け合い、廊下で立ち話などしている。

「おい、ルーシャン。親爺《おやじ》様の呼び出しだぞ。とうとう追い出されるんじゃないか」

兄のひとりが冷やかしを浴びせ、ルーシャンはにっと笑って言い返す。

「そうなれば願ったりだ」

「ルーシャンは親爺様のお気に入りだから、おとなしく叱られていれば、すぐに許されるさ」

「いまからでも遅くない。真面目に塾へ通うって約束してこいよ」

別の兄弟が口々に親切な忠告をくれる。

「ありえないね」

いちいち皮肉っぽい微笑を添えて言い返し、ルーシャンは早足でかれらの間を通り抜けた。

家族や兄弟というよりも、学生寮の仲間たちといった空気が漂っている。なかには異母兄弟ですらなく、父が元老に就く以前、交易商として各地を旅していた当時にどこかから拾って養子に迎えた、見所のありそうな若者たちもいるらしい。

自分の部屋に入って扉を閉めると、ほっと息が漏れる。隅に置かれた水盤で手と顔を洗い、ふわつく赤毛に櫛を通して部屋着の長衣に着替えた。これも東方由来の艶《つや》やかな絹の光沢を放つ高価な長衣であるが、ルーシャンの前に三人は所有者がいたと思われる、とても古いものだ。袖《そで》の折り返しや裾上げを繰り返した跡が変色し、幾筋もの横縞《よこじま》模様となっている。

布は交易通貨としても価値が高い。

上質な布で丁寧に仕立てられた衣服は、財産として親から子へ、主人から使用人へと下げ渡される。何度も仕立て直して徐々に小さくなっていった衣服がボロボロになれば、タペストリーや細工用の寄せ布の材料にもなって、何世代も受け継がれる。

だから、ルーシャンは自分が所有する衣服や部屋の調度がすべて、異母兄や親戚《しんせき》の誰かのお下がりだとしても、そのことで親を恨むわけではない。

ルーシャンが家を出て行きたい理由は別にある。

書机と衣裳《いしょう》棚、寝台とその横に水盤と手拭《てぬぐ》いを置いた小卓のみという、殺風景な部屋。

この館に来て七年が経つが、物がまったく増えない。体の成長に合わせて衣服や靴が入れ替わるくらいだ。書机には数枚の羊皮紙と、先端を書き潰《つぶ》したまま、長いこと放置された尖筆《せんぴつ》。

いつか東方へゆく隊商を見つけてこの都市を出て行くまで、寝に帰るだけの部屋であるから、他には何一つ必要なかった。

ルーシャンは深呼吸を二回して、父親の書斎がある館の中央へと向かう。

康宇国の豪邸は、東西に張り出した比翼型が一般的だ。中央部が三階建て、東西の棟は両端に向かうにつれて、ピラミッドのように段々と屋根が下がっていく。

中央部の二階に父の書斎と寝室、正室と嫡出子たちの部屋があり、館の東翼がルーシャンたち庶子の住居で、西翼が台所と使用人たちの棟となっている。つまり庶子の扱いは使用人と同等ということだな、とルーシャンが気がついたのはいつのことであったか。

父とその家族が住む、館の中心へと続く廊下の両壁は漆喰《しっくい》で白く塗られ、色彩の華やかな壁画で端から端まで埋め尽くされていた。

左側の壁には、伝説の聖獣とそれにまつわる物語をモチーフにした連続絵巻。

天井付近には繰り返しの蔦《つた》模様に、五弁の花が等間隔に咲き誇り、床から膝下までの高さには三角形と菱形《ひしがた》を組み合わせた幾何学模様が、赤と青と黄色で塗り分けられていた。

右側の壁には、父や祖父、曾祖父《そうそふ》らが旅をしてきた土地の風俗や物語が描かれ、ところどころに地名や国名、注釈のための文章が書き込まれている。

この館に連れてこられた当時は、これらの壁画を飽きもせずに眺め、語られている物語を読もうと、康宇文字を一生懸命になって覚えたものだ。内容をすべて理解したのちは、館の内側にあるものに興味をなくし、壁から語りかけてくる絵画に目をくれることもなくなっていた。

階段を上がる途中で、正室腹の兄と行き合った。ルーシャンは軽く首を曲げて会釈したが、兄は母の違う弟が視界に入らなかったかのように、一瞥《いちべつ》もくれずにすれ違う。

ルーシャンは階段に片足をかけたまま、肩越しに異母兄の後ろ姿を見送った。正室の息子たちがこちらに目もくれないのは、いまに始まったことではない。無視しているというより、本当に視界に入っていないのだろう。

父親の部屋の、重厚な扉の前で立ち止まったルーシャンは、目の高さにぶら下がる青銅の鐘を、備え付けの金槌《かなづち》で叩《たた》いた。

扉が中から開けられる。顔を出した父の秘書が「ルーシャン様です」と、奥へ声をかけた。

こんな時間まで仕事をさせられているのかと気の毒に思いつつ、ルーシャンは秘書に会釈して中に入った。

「親爺様。お呼びですか」

異国産の樫《かし》材で作られた大きな書机に向かって一礼する。山と積まれた羊皮紙の書束に囲まれて、ルーシャンと同じ赤毛が揺れていた。ルーシャンのそれよりも暗い鳶《とび》色《いろ》の赤ではあるが、ふわふわと立ち上がった鬣《たてがみ》のような癖毛は同じである。

「そこにかけろ」

ルーシャンの父は書束の向こうから尖筆を持った手を上げ、筆の先端で書机の前に置かれた椅子を指した。署名済みの羊皮紙をくるくると巻いて印章を持ち上げ、封蠟《ふうろう》を捺《お》す。その束が方形の盆にいっぱいになると、秘書が進み出て受け取り、外へ持って行く。

ルーシャンの父は印章を横に置いて、息子へと向き直った。

髪だけではなく、目鼻立ちもそっくりな親子であった。数ある息子たちの中では、ルーシャンが父親に一番似ているとも言われていた。父の妻とその息子たちが、ルーシャンを無視するのも、おそらくそれが理由であろう。

「塾に行かなくなって、何ヶ月だ」

ルーシャンは天井を見上げて指を折った。

「春分の前後で行かなくなって、いまは秋ですから、かれこれ半年」

「塾からは授業料を返還すると言ってきている。それに、隊商宿から身元保証の紹介状も持たずに、仕事を探して交易商人に食い下がる子どもがうろついて困ると、毎日のように苦情がきている」

ルーシャンは口元をきゅっとすぼめて、次に続くであろう叱責《しっせき》に備えた。だが、父親はふっと息を吐いて、書机の上に両肘《りょうひじ》を立て、組んだ指の向こうから息子をじっと見つめた。

「そんなに東へ行きたいか」

「はい」

「あれがまだ生きているかどうか、わからんのだぞ」

ルーシャンの母親のことを、父はそのように語った。

「この春に消息の途絶えた母親に会いたいという、おまえの気持はわかる。だが、こちらでもあれの行方は調べさせた。町が盗賊や異民族の襲撃にあったわけでもなく、住人と揉《も》めて追い出されたのでも、強盗に殺されたり、拉致《らち》されたりしたわけでもない。ただ、『親戚に会いに行く』と隣人に言い残して、おまえの母はいなくなったのだ。その親戚がどこの誰であるか、誰にも言わずに」

「それは、もう聞きました。でも、調べ漏らしたことがあるかもしれないじゃないですか。もしかしたら、母の行き先を知っている人間が、調査中はたまたま不在だったのかもしれません」

硬い表情でルーシャンは言い返す。

遠い異国に住む母親とは、年に一回のやりとりしかない。東方へゆく交易商人に父が仕送りを託し、母が受け取る。母からは印判を捺した受取証と、ルーシャンの喜びそうな玩具《おもちゃ》や小物が、西へ戻る商人にことづけられるのだ。このやりとりは、康宇からの発送より商人の帰還まで、最短で四ヶ月、気候や通商の都合によっては、半年以上かかることもある。

この春、東から帰ってきた商人は、母に渡せなかった仕送りと書簡を持ち帰った。

「この七年、あれが私からの便りに返信したことは一度もない。こちらへ移るように申し送っても、人伝《ひとづ》てに断るばかりで、おまえに会いに来ることもなかった」

ルーシャンは左手首の組紐《くみひも》を、右手の指先で無意識にいじりながら言い募る。

「母は、読み書きができないのですから、便りをもらっても返事は書けません。まして康宇語は母にとっては異国の言葉です。届けた者が読んでやらなくてはならないのですから、すぐに返事もできないでしょう。文字の便りはなくても、手作りの小物は毎年こちらに送られていたのですから、親爺《おやじ》様やおれに関心がなくてこちらに来ないのではなく、女の身で異国に移り住む勇気がないだけだと思います。この護符も、去年までは送ってくれたのですから、母が何も言い残さずに急にいなくなったのは不自然です」

母の親類関係については、ルーシャンにもはっきりとした記憶はない。家に訪れるのが隣人なのか、母の友人あるいは親族であったのか、五歳やそこらの幼児が明確に区別できたはずもなかった。

この半年、自力で東方へ向かう隊商を相手に仕事を探していたのは、母の消息を求める里帰りを許可されなかったためだ。

異国生まれの子どもたちは、父の本拠地である康宇国に連れてこられると、成人するまで里帰りを許されない。気候風土の苛酷《かこく》な大地を通り、盗賊や紛争にいつ出くわすかもしれない旅路は、肉体的にも精神的にも未熟な少年にとって、あまりにも危険であるというのが、その理由だ。父が現役の交易商人であれば、成人前の息子が同行することは珍しくはないが、数年前に元老の地位を継いだルーシャンの父は、都を離れることはない。

「母の父方は遊牧民だと聞いています。もしもそちらに身を寄せているのならば、町中を捜したって見つかりっこない」

よく似た赤毛の親子はしばらくじっと見つめ合っていたが、根負けして嘆息し、先に視線を逸《そ》らしたのは父親の方であった。

「そこまでして、おまえを手放した母親を捜し出したいのか」

ルーシャンは父親の頭上へと視線を移し、壁にかけられた牡《お》牛《うし》の紋章を仰ぎ見る。

肌寒い朝、冷たい空気と水音に目を覚ますと、必ず目にするのは窓辺に水盤を置いて髪を梳《す》く母の後ろ姿だった。日中は編んで頭に巻き付けている黒髪は、櫛《くし》に水をつけて濡《ぬ》らすとまっすぐに腰まで流れ、梳《くしけず》るうちに脂や汚れが落ち、美しい艶《つや》を放つようになる。そこだけ絵画のような鮮明な、しかし前後のやりとりの曖昧《あいまい》な、断片的な記憶。

夜の闇のように黒い髪が、光沢を帯びて陽光に輝きだす過程は、魔法のように不思議に思われた。幼かったルーシャンは、枕に頭を乗せたまま寝惚《ねぼ》けまなこで、母の身支度を飽かずに眺めるのが好きだった。

母親に会いたいかと問われれば、ルーシャン自身もよくわからない。母と暮らしていた家の記憶はおぼろげで、生まれた国の名を耳にしてもそこが故郷だという実感がわかない。母と交わしていた言語すら、ほとんど忘れてしまった。

もうすぐ六歳になろうという、青空の高い秋のことだった。ルーシャンは駱駝《らくだ》に乗る父の膝《ひざ》に乗せられて、生まれ故郷をあとにした。

あの時は、たまにしか訪れない父と、ちょっとした旅に出るものだと思っていたのだ。彼女は長旅のできない世の習いのために、母は留守番だと言われたが、それでもひと季節後には家に帰るのだと勝手に思い込んでいた。

父親が商人であれば、交易のために二、三ヶ月、あるいは一年以上ものあいだ家を空けることは、どの家でも珍しいことではなかったし、そうした話を聞かされて育ったルーシャンも、男たちが交易に出ているあいだは母が留守を預かるのだと思っていた。

『おまえはいつか長い旅に出るのだから』と、物心つく前から夜は一人で眠るようにしつけられたルーシャンは、母と別れるときも泣いてむずかることはなかった。むしろ、駱駝の鞍上《あんじょう》から隊商の出立を見送る母へとふり返り、わくわくした気持で笑いながら手を振った。

──元気でね。お土産いっぱい持って、すぐに帰るから──

七年前の自分に、『長い旅』が、二度と母と会えなくなるかもしれないほどの長さであったことを、教えてやることができたら！

だが、たとえ時を遡ることができたとしても、当時のルーシャンには理解できなかっただろう。いつか父の国へ旅立つ息子のために母親が刷り込んだ教えで、ルーシャンの胸は期待と憧《あこが》れでいっぱいだった。父と駱駝の背に乗ったときの興奮と高揚感は、いまでも覚えている。

　別れ際の母の涙でさえ、幼くして旅立つ息子を誇りに思ったからなのだと考えた。だから自分は寂しがったり、不安がって泣いたりしてはいけないのだと、あの時は思っていた。

「母と別れたときは、まだ五歳でした。その辺の事情や母の心境など、おれにはわかりません。次にいつ夫が訪れるかわからない交易商の現地妻が手元で育てるよりも、一国の有力者である親爺様の家に引き取られたほうが、衣食住や教育にも不自由がないのは確かですし」

　十三とは思えないおとなびた口調で、ルーシャンは淡々と言い返す。

「ただ、母がいまどうしているのか、元気でいるのかと気がかりでない日は、この館《やかた》に来てから一日もありません」

　何年もかけて東西を往復し、交易に人生を費やす中央大陸の商人が、立ち寄る国や都市ごとに愛人や家族を持つことは、珍しくない。生母が特に手元に引き留めたいと望まない限り、子どもたちは長旅に耐えられる年齢になると父の国へ送られる。また康宇国の慣例としても、男児は男親が引き取ることが一般的であった。

「私はおまえの母親に、康宇で受けられる最高の教育を授けると約束したのだ。おまえ自身がそれを望まなかったのは、はなはだ残念なことである」

語尾とともに、父親は封蠟《ふうろう》を捺していない一通の羊皮紙を差し出した。

「どこの国から来て、どこへ行くともわからぬ、得体の知れない隊商にもぐり込んで出て行かれても困る。七日後に夏沙《かしゃ》国へ発《た》つ康宇の交易商に話をつけておいた。親戚《しんせき》筋の信用できる商人だ。そこで徒弟として働きながら、東へ向かえ」

そして、金箔《きんぱく》を貼った東国風の書類箱から、赤みがかった金の指輪をつまみ上げ、ルーシャンに渡した。父と同じ封蠟印の刻まれた、金銅製の指輪だ。これで、行く先々の隊商宿から便りを出して、消息を知らせろということであろう。

指に嵌《は》めてみたが、どの指にも大きすぎてくるくると回る。子どもが使うために作られた印章指輪ではないのだ。身長だけは伸びたが、ルーシャンの指はまだ思春期の細さを脱していない。

見かねた父親が、指輪に通して首にさげるための鎖を渡した。

「三カ国語が話せ、腕の立つ家人《けにん》を選んでおく。護衛として連れて行け」

ルーシャンは偽りのない喜びに満ちた笑顔で、父親に礼を言った。

「ありがとうございます」

「ルーシャン」

印章を握りしめ、喜び勇んで踵《きびす》を返す息子を、父親が呼び止める。

「おまえの国はこの康宇国で、家はこの私の館だ。必ずここへ帰ってこい」

ルーシャンは「はい」と答えて一礼した。

この家は好きではないが、父のことは嫌いではないし、むしろ尊敬している。すでに記憶もおぼろげな故郷に知る人もなく、母の消息さえも定かではない。ここがおまえの帰る場所だと言われて、嬉《うれ》しくないはずがなかった。

天鳳行路《てんぽうこうろ》

康宇国から大小の都市を巡り、荒野と砂漠を越え、世界の屋根に続く地峡へと分け入り、砂丘の連なりが延々と地平線の彼方《かなた》へと続く死の砂漠を右手に二ヶ月あまりかけて、ルーシャンは夏沙国に着いた。

ここまでルーシャンを送り届けた康宇商人は、若いながらも有用で働き者であった少年を褒めた。

隊商はそのまま東の果ての金椛国へと進むという。東大陸のほぼ全域を統一した強大な帝国で、金椛産の絹や陶磁器といった超のつく高級品を西へ持ち帰って売れば、大変な利益を生み出すのだという。

こちらからは、硝子《ガラス》や各種の貴石と鉱石、金銀の細工、染料、香料に香辛料。亜麻素材の反物、毛足の滑らかな砂漠狐や雪豹《ひょう》の毛皮。苛酷な大地でのみ採れる貴重な生薬、珍しい獣。

豊かな町でなくても、食糧や苗、廉価な織物、工芸品や日用品は行く先々で取引される。加工済みの金属や、合金はどこでも言い値で売れる。

夏沙の城塞《じょうさい》都市は、天鳳山脈の麓《ふもと》にあり、天然の濠《ほり》である切り立った谷と、二重の城壁に囲まれて聳《そび》え立っている。幼い時に父と通りかかったときの記憶では、おそろしく巨大な城に思われた。だが康宇国を始め、いくつかの都市国家を見てきたいまでは、それほどの大都市とは感じられない。とはいえ、地形を活《い》かした堅牢《けんろう》な造りと、城内に巡らされた水路を一年中流れる豊富な雪解け水は、この国の繁栄が永遠に続くのではと思わせる。

ルーシャンをここまで連れてきた康宇商人は、別れ際にこう言った。

「駆け引きでふっかけて金を儲《もう》けるのが、確かに一番の目的だがな。こうやって物があるところから、ないところへ、余ったものを足りないところへ、珍しい物を求める客が喜ぶ物を流通させるのが、面白いんだな。誰もが必要としている何かを、命がけで届けるのが、おれたち交易商人の仕事ってやつだ」

そのように薫陶《くんとう》する交易商と別れたルーシャンは、夏沙に拠点を構える父方の叔父《おじ》を尋ねた。そこから母の消息を尋ねる。

父の手紙を一読した叔父は、ルーシャンの母が住んでいたという山岳地帯の小都市へ向かう商人を手配してくれた。

「ルーシャンのお袋さん宛の仕送りは毎年転送しているが、受領印を捺《お》した木牌《もくはい》の他に本人直筆の書状を受け取ったことはない。ちゃんと本人の手に渡っているのか疑問に思っていたが、最後のが送り返されてきたってことは、誰かに着服されたりせず、本人が受け取っていたってことだな」

この叔父は父の異母弟にあたる。夏沙人の母とルーシャンの祖父との間に生まれた、同じ庶子の立場だ。夏沙で生まれ、七歳で康宇の都へ送られ、二十歳からは隊商について交易を数年学んだ。三十歳で母の国に戻り、夏沙の都で康宇人の営む商会を仕切っている。

異国人と康宇人交易商の間に生まれた男子の、典型的な人生行路であった。

康宇商人は、交易先で親密となった女の産んだ子が幼年期を過ぎると、首都の館に引き取って養い教育する。成人した子どもたちは、交易商人となって大陸を行き来するか、あるいは交易路の主要都市や中継地に送り込まれる。

康宇人を父とする子どもたちは、移住先で商会を開いたり、役所に勤めたりして、父の祖国のために便宜を図りつつ、宗家に各地の情報を送り続ける。康宇人が何世代もかけて、大陸じゅうに巡らせた商業網の結び目のひとつとなり、その生涯を捧《ささ》げるのだ。

ルーシャンもまた、やがてはその網の一部になることを期待されている。

叔父は小規模の隊商にルーシャンを預けただけではなく、十三の子どもが旅の荷を自分の背に負わずにすむよう、そしておとなの歩調についていけないときは騎乗もできるよう、二頭の驢馬《ろば》をつけてルーシャンを送り出した。

死の砂漠に沿った行路を東へ進むのではなく、天鳳山脈の高原行路へと向かう。

うっすらと記憶に残る山岳地帯の風景に、七年前に通った道を後戻りしているという実感が湧いた。標高が上がるにつれて、傾斜の急な道は息が足りなくなるが、荷運びの獣や人足たちは平然と、あるいは黙々と登っていく。ルーシャンは隊商の足を引っ張るまいと、歯を食いしばって登っていった。

徒歩で片道五日ばかりの旅に必要な、二人分の食糧と燃料に加え、冬至も過ぎた厳冬の山岳地帯へ分け入るために、防寒着や毛布、雪靴に厚手の天幕など、かさばる荷物も多い。

自身の体高よりも高く、荷をその背に積み上げられて登攀《とうはん》を強いられた驢馬は、ひどく不機嫌であった。

「落ちたら死ぬかもしれない駱駝《らくだ》でなくて良かったけど、驢馬は扱いにくいな」

ルーシャンがこぼすと、護衛はくすりと笑う。

旅を始めたころのルーシャンが駱駝酔いに苦しみ、慣れたころには規則正しい揺れと退屈のために、鞍上《あんじょう》でうたた寝しては転げ落ちそうになっていた光景を思い出したのだろう。

「馬なら駱駝ほど揺れなくていいですよ。若様はお年のわりに体力も身長もありますし、ご自分の馬を持ってもいい頃合いではありませんか。いまからでも夏沙の都に戻って、叔父上にお願いしては？」

「予算の都合で却下」

ルーシャンは見栄を張った。

乗馬術は習い始めたばかりで、都の平坦《へいたん》な馬場でしか操ったことはない。それも数日おきの練習で、一度に二、三時間程度であった。おとなしく馴《な》れた馬で平地の行路をゆくのならともかく、勾配《こうばい》の急な山道や、整地も舗装もされていない上に、雪が凍って滑りやすくなる高原で、借り物の馬を即座に乗りこなせると考えるほど、ルーシャンは自信過剰ではなかった。

高原行路に整備された道路はない。人や獣の踏み分けた跡を道として、境界を表す鹿や羊の頭を彫った石柱や、あるいは単に石を積み重ねた道標、いずれかの部族の立てた塚と、そこに添えられた旗などを目印に進んでいく。

父の膝《ひざ》に座り、駱駝の背から見おろしていた世界と、当時の倍の身長となってから、自分の足で地を踏み歩いて戻る風景は、ずいぶんと違って見える。

幸いなことに、一度も吹雪に足止めされることもなく、五日目には見晴らしのよい台地に出た。薄茶に黒っぽい斑紋《はんもん》の散った石垣を積み上げた、小さな城塞都市が姿を現す。

石垣の色も形も記憶の通りであった。だが、何もかもがとても縮んでしまったように思える。昔は見上げていた石垣のてっぺんを、いまでは見おろしていることがなんだかおかしくて、苦笑いが口元に漂う。

おぼろな記憶をたどって行けば、母と暮らした家を見つける自信はあった。しかし勝手に隊商の列から飛び出すべきではないという分別もある。荷物も多く、随伴してここまで送ってくれた護衛にも、靴を脱いでくつろいでもらうのが先である。

とはいえ、幼少期に育った町に着いたという興奮から、ルーシャンは驢馬の荷を降ろして宿の部屋に放り込むなり、階下の食堂で食事を注文する護衛に「すぐ戻ってくるから」と言い残して表通りに飛び出した。

この道、あの家、鍛冶《かじ》工房に粉《こな》挽《ひ》き屋。

街並みは、びっくりするほど何も変わっていない。どんどん記憶が甦《よみがえ》る。

首を絞め上げられるような鳴き声がうるさいのは豚の囲いだ。母親と卵を買いに来た鶏小屋も同じ場所にあった。ただ、小屋は作り直したらしく、板や枠の材木が記憶の中のそれよりも白っぽい。

風景は懐かしいのに、ときおりすれ違うのは、見知らぬ人々ばかりだ。

だんだんと早足になり、はっきりと覚えている家並みが見えて自然と駆け足になる。

母と暮らした家に着いた。

当時は背伸びしてようやく外がのぞけた石垣の塀は、いまのルーシャンの腰の高さでしかない。門はなく、石垣の途切れたところから敷地の内側へと飛び石が並び、懐かしい彫刻のほどこされた扉へと続く。

飛び石の周辺には黒く霜枯れした草花が這《は》うようにして広がっている。玄関の横には料理に使う香草が植えられた壺《つぼ》が並んでいた。台所の煙突からは、炊煙が上っている。玉葱《たまねぎ》と芋のスープのにおいが空気中に漂ってきた。

ルーシャンは迷わず飛び石を踏んで中へ入り、扉の横にある木槌《きづち》で扉を叩《たた》いた。

何もかもが覚えていたとおりだったために、この家に毎年届けられていた仕送りが今年は送り返され、この家に住んでいたはずの母親は消息が知れなくなっていたことを、ルーシャンはすっかり失念していた。

木槌の音に中から出てきたのは、見知らぬ女性であった。まだ若く、黒く艶《つや》のある髪を編んで肩に垂らし、細やかな刺繡《ししゅう》を施した額帯でほつれ毛と前髪を押さえている。

奥から小さな子どもが喧嘩《けんか》し、どちらかが泣き声を上げるのが聞こえる。女は振り返り、大声の早口で子どもたちを叱った。

女が子どもたちを叱りつけた言葉は、かつて母の口からも聞いた。こちらに向き直った女に「何の用か」と問われたときも理解できた。だが、七年も使わなかったこの土地の言葉を話そうとしても、すぐに口から出てこない。

ルーシャンは顔に熱が上るのを感じながら、「母を訪ねてきたのだ」と五歳の子どものように、たどたどしく答える。

「むかし、この家に、母と、住んでいました。母はずっとここに、いたはず」

母の名を思い出して伝える。しかし、過熱していく子どもたちの喧嘩が気になる女は素っ気なく答えた。

「あんたのお母さんのことは知らない。ここは空き家だったから、一年前から私たちが借りているんだよ。あんたのお母さんがどこへ行ったかってのは、昔からこの近所に住んでいる人に聞けば？」

女はふり返って子どもたちを叱りつけ、扉を閉めてしまった。

この家に母がいないことは、はじめからわかっていたのだ。通りと家のたたずまいがあまりにも記憶の通りだったので、勝手に時が巻き戻り、五歳のルーシャンが母の姿を求めて扉を叩いてしまった。

ルーシャンはひと息ついて心を落ち着かせた。女に言われたとおりに、近所の家を一軒一軒訪ねて回る。仕送りと便りを預かっていた商人は、母の消息まで調べる義務を負っていなかった。だからルーシャンは自分で母の行方を捜すために帰ってきたのだ。

ルーシャン親子を覚えていた隣人と再会できたが、母の行方は聞いていないという。

「去年の夏ごろだったかな。北方の親族を訪ねて、しばらく留守にすると言って、出かけたきりいなくなっていたんだよ」

ルーシャンが帰ってきたと聞いて、遊び相手であった近所の子どもたちと、その親も集まってきた。再会の喜びもそこそこに、隣人が周囲に声をかけ、母の行方を知る者を探してくれた。

「せいぜい三日分の荷物を驢馬に積んで、徒歩で行くのを見たぞ。天鳳越えの隊商についていったとも聞かなかったから、すぐに帰ってくると、みんな思っていたんだよ」

「三月くらいしてから、新しい家族が引っ越してきたんだ。家を売りに出していたとは聞いてなかったし、家具なんかはそのままだったらしくて、びっくりしたねぇ」

「値打ちのあるもんは、なんもなかったっていうし、大きなもんは少しずつ処分して、貴重品を持てるだけ持って行ったんかね」

そうして昔の知り合いを訪ねて回ってわかったのは、母親は天鳳山脈を北へ登ったらしいということだけだ。親戚《しんせき》の部族名も、地方の名前もはっきりとわからない。この町にはルーシャンを身籠《みごも》ってから、ひとりで移り住んだことも、このときに知った。そのために、母の子ども時代や実家について知る者も見つからなかった。

この町に、母が身近に親族もなくひとりで暮らしていたと知って、ルーシャンは少なからず衝撃を受けた。生家からも婚家からも遠く離れて、女が独り身で暮らすなど、常識ではあり得ないことであったからだ。そして、ルーシャンの知る限り、あの家は借家ではなく父親が母親に買い与えたものだ。母がこの家の権利を売ってどこかへ去らなければならない、そんな事態が起きたと推測するしかない。

もとの家に戻り、いまはそこに住んでいる子連れの女に再び会った。女はこの家を借りていると言っていたのだから、現在の所有者に話を聞けばいいのだ。

教えられた通りに住む大家は、羽振りの良い両替商でもあった。つまり金貸しである。買いとった家の女の息子を名乗るルーシャンに驚き、警戒し、そして同情してみせる。

「四年くらい前からだな。薬代やら、家の修理代やらが必要だと、金を借りにくるようになって、借金が嵩《かさ》んでいったんだ。康宇国で出世しているらしい旦那《だんな》に頼んで、仕送りを増やしてもらうなり、清算してもらうなりすればいいじゃないかと、何度か助言もしたんだがね。去年の春頃だったかな。故郷に帰りたいから家を買ってくれと地券証を持ってきた。借金を清算した差額を受け取って、二十日後に出て行ったよ。故郷はどこかって？　息子のおまえさんが、それを知らんのかい？」

親の出自を知らないことで、身元を疑われたルーシャンは、途方に暮れて宿に帰った。話を聞いた護衛も不思議そうに訊《たず》ねる。

「若様は、お母さんの里方について、何も聞いていないんですか」

「母と別れたときはまだ五歳だったから、隣人と親戚の区別なんかついてなかった。母の出自については、親爺《おやじ》様が知っているはずだ。どうして、出発する前にもっと訊《き》いておかなかったんだろう」

ルーシャンは自分自身の浅慮が恥ずかしくなって、嘆息した。父の元で養育されていた間、母について話題になることがほとんどなかったというのは言い訳にならない。

「母の父方が高原の遊牧民だという話は、ぼんやりと覚えているけど、部族名は覚えてない。それに、母の名はこのあたりでは珍しくないので、北麓《ほくろく》の異民族との関わりはないはず」

天鳳山脈はいくつもの山系が平行して走り、無数の高原を懐に抱く。

南麓《なんろく》の天鳳行路には、大小の都市国家が数珠《じゅず》つなぎに連なり、東西の交流が活発で、多様な種類の西方人と東方人を目にする。そして中腹から奥地にかけては、名を覚えるには煩雑すぎるほどの数の部族がいて、高原には遊牧民、森林には狩猟民と、それぞれ互いの領域を侵さないよう共存してきた。

いっぽう、北麓には同系統の言語を話し、容貌《ようぼう》も似通った遊牧民の割合が多く、交易商人はかれらを『北麓の異民族』とひとくくりにしている。

北麓の異民族に関する情報は少なく、ルーシャンの持ち合わせた知識でも、城塞《じょうさい》都市や金椛帝国のような統一国家は存在しないとされている程度であった。

旧知の人々から聞いた『北方の親族』が『北麓の異民族』を指すのならば、天鳳山脈を越えたと思われるが、出立時の荷物が『せいぜい三日分』だったというのなら、峻険《しゅんけん》な天鳳山脈を越えるには装備が軽すぎる。『この町よりも北の、南麓側の奥地のどこか』と考えるのが道理だ。

「本名が土地の者にとって発音しにくければ、一部の音を変えたり、地元の名を通名にしたりすることは珍しくないですよ。峠を越えて北麓へ行くのなら、現地に詳しい案内人や通訳を雇わないといけません。行路もいくつかありますし、闇雲に進むのは得策ではありません」

これまで疑ったこともない母の名が、偽物だったというのだろうか。ルーシャンは呆《ぼう》然《ぜん》とした。とにかく、護衛に言われるまでもなく、ルーシャンは無鉄砲に山に分け入るつもりはない。

母親がひとり天鳳山脈の奥地へ去ってから、およそ二年が経過しているのだ。しかも手がかりはまったく残されていない。

高原の西に夕陽がかかり始め、山嶺《さんれい》に沿って紫の雲がたなびくのを見上げる。

「なんか変な気分だな。自分の母親のことを、何も知らないなんて」

手首に巻かれた、六本の組紐《くみひも》を人差し指でいじりながら、自分の記憶が嘘ではないことを確認する。

感覚的なものであるが、『北方』といえば山脈の北側を指すのが自然だ。まさか、母は本当に山を越えて行ったのだろうか。

高山の気候に慣れた遊牧民や、駱駝《らくだ》を連ねた隊商にも困難な道のりを越えてまで、天鳳山脈の北麓のどこかにあるという故郷にひとりで帰ろうとしたのだろうか。もしそうだったのであれば、ひとり息子としていたたまれない気持になる。

故郷へ帰り着けたのであれば少しは慰めになるのだが、女のひとり旅だ。一頭の驢馬《ろば》を頼りに、天をも突く巨大な屛風《びょうぶ》のごとき天鳳山脈を越えるなど、可能とは思えない。峠《たと》に辿り着くことすら、敵《かな》わなかったのではないか。この天鳳山脈の中腹の町まで登ってくることさえ、おとなたちに守られた十三歳の少年にとっては、充分な冒険であったというのに。

ここまで消息が不明であると、途中で盗賊に遭ったか、道に迷って遭難してしまい、致命傷を負うような怪我をしたか、凍死あるいは餓死してしまったのではという方向に、どうしても考えてしまう。

「せめて、訪ねて行った相手の名前がわかればなぁ」

遅い夕食をとったルーシャンは、護衛の青年が隣の寝台で上げる鼾《いびき》の音を聞きながら、どうして母はこのような山中に住むことにしたのだろうと思った。これまで疑問を持ったこともないのだが、身寄りのない女が、父からの仕送りで余生を過ごすのならば、夏沙の都がはるかに利便がよいであろうに。

長旅のあとの捜索行に疲れ果てているはずなのに、睡魔はやってこない。寝台の上で輾転《てんてん》として母の出自や境遇に関する謎を考えてしまう。また、手紙が書けないにしても、自分や父に対する伝言を隣人や家を売った両替商に残さなかったこと、経済的に窮乏していたらしいのに、代筆を雇って父や夏沙の叔父《おじ》に連絡を取ろうともしなかったことが、名前のつけようのない重苦しさとなって胸の底にわだかまる。

母にとって、自分はその程度の存在であったのかと。

代筆と言えば、そういえば——父親が言ったとおりに、母親は一度もルーシャンの成長を記した父の手紙や、ルーシャンが自分で書いた近況を報《しら》せる便りに、返信をしたことがない。康宇語の読み書きができないとしても、代読や代筆をしてくれる者はいくらでもいたはずなのに。

七年間、手作りの小物を送ってくるのは、息子の健康と成長を願ってのことであろうと信じていた。だが、年に一度の、近況を報せる簡単な便りでさえ、人を雇って記し、届けようとは考えなかったのだろうか。遠くへ手放してしまった息子に対する情は、いつしか薄れてしまっていったのだろうか。

七年とは、母が息子を忘れるのに、充分な時間だろうか。

この町で暮らした日々が甦《よみがえ》る。

思い出す限り、母が自分に冷淡で無関心であったといえるような記憶はない。細切れの会話や順序の曖昧《あいまい》な季節の風景と、母の表情はおぼろながら、額や背中に添えられた掌《てのひら》の確かな温《ぬく》もりなどは、忘れがたく覚えているというのに。

いまとなっては、顔立ちすらはっきりとは思い出せない母のために、父に逆らい千里を越えてでも会いに来ようとした固い決意が、行き場を失う。

どうしてもっと早く、消息不明の報を受けてすぐに行動を起こさなかったのだろう。

どうしてもっと前に、定期的に母の元へ帰省することを父に願い出なかったのだろう。

母が病を患い、生活に困窮して父に助けを求めることもせず、故郷へ帰ろうとしたのであれば、たとえ未成年であろうと、ひとり息子である自分は同行すべきであったのだ。

父が許可しなかったから、というのは言い訳にならない。おとなにとってさえ苛酷《かこく》で命がけであった交易路を、ルーシャンは自分ひとりで引き返す勇気を持たなかった。

重苦しさがのど元まで込み上げ、吐き気を催したわけでもないのに口の中が苦く感じられた。

何度か溜《た》め息をつき、寝返りを繰り返したのち、明日は役所か商会を訪れて、北麓へいたる行路について調べてみようと考えが落ち着き、ようやく目を閉じて眠ることができた。

ルーシャンが部屋に取り寄せた朝食の乳茶に、固いナンを浸して食べていると、驢馬の世話を終えた護衛が戻ってきた。ルーシャンは護衛の分を差し出し、自分は林檎《りんご》を食べ始める。

「夏沙へ戻りますか」

護衛はもう仕事は終わったと考えているのか、一日も早く康宇国へ帰りたそうにしている。

付き添いと保護者も兼ねた護衛役であるが、ルーシャンの見た目がおとなびており、中身も自立心が旺盛《おうせい》なために、子ども扱いされることもほとんどない。必要な手続きも母親の捜索も自分でやってしまう。康宇国からの道中は特に危険もなかったことから、護衛の青年はいささか退屈しているようだ。

「交易商会へ行って、この町から北麓へゆく行路を調べてくる」

「山を越えるんですか？　雪の融ける春まで無理ですよ。ここまで上がってくるのも、難儀したじゃないですか」

青年は保護者として、意見するところは固く主張する。

「これ以上の標高は危険です。積雪に惑わされて道を外し、氷河に迷い込んだら、亀裂に落ちて一巻の終わり！　ってことにもなりかねません。しかも北麓の雪の深さといったら、樹齢百年の樫《かし》の木だって、てっぺんまで埋まっちまうらしいですよ」

伝聞は大げさになりがちであるが、父が信頼してつけた護衛の言い分を、ルーシャンは素直に信じる。

「じゃ、春まで待つ。雪が融ければ、北麓《ほくろく》行きの隊商を見つけて、同行させてもらえるだろう」

頑《かたく》なに捜索の続行を言い張るルーシャンに、護衛は目を丸くした。

「冬の間、ここでじっとしているんですか？」

「君はおれの護衛だろう？　この際に護身術とか、剣術とか、教えることはたくさんあるんじゃないかな。北麓の民は気が荒いというし、氷河の近くまで登っていくんなら、もっと体を鍛えなくちゃいけない」

護衛は天井を仰いで黙り込んだ。

冬を越すのならば、繁華街もあり給料の支払われる夏沙の都まで戻りたいと考えているのだろう。しかし、往復にかかる冬の旅路の困難と危険度を思えば、このままのんびりと山中の小都市で、子どものお守り、もとい武術指南をしながら過ごすのも悪くない。

護衛はひとまわり以上も年下の少年に視線を戻して応《こた》える。

「私は、給料さえもらえるなら、なんでもやりますけど。天鳳越えって、危険手当つきますかね」

ルーシャンは噴き出しそうになる。

「親爺《おやじ》様が出し渋ることはないと思うけど、もしだめだったらおれの出世払いってことで。それに、武術の師範代も割り増しして親爺様に請求できると思う」

「そうしてもらえると助かります。なんにしても、若様が生きて帰らないと、私の給料も出ないわけですし」

護衛の同意を得たルーシャンは、五歳まで過ごした町で一冬を過ごすことにした。

夏沙の叔父には、春になったら母が向かったであろう北麓へ発《た》つので、その費用と装備をこの山間の町まで送ってくれるよう手紙を送った。

母の消息について知り得たことも、その手紙に書いておいたので、叔父はルーシャンの近況も父に報せてくれるだろう。無謀な息子だと思われるだろうが、それはそれでかまわなかった。

その後、天鳳越えについて交易商会に問い合わせ、借りてきた地図を眺める。母が進んだであろう行路の候補を、山岳行路に詳しい案内人が選んでくれた。どの部族の領域を通るにしろ、人間の足で越えられる峠の数は限られている。女の足で行くのならば、距離や難易度がなおさら限定されてくる。

天鳳山脈の険しい山並みと、一日に一度は広げる地図から読み取れる困難な峠越えに、もしかしたら、母はもう生きていないのでは、という気がルーシャンにはしてきた。人手に渡ってしまったルーシャンの生家と、旧知が見たという旅立つ母の後ろ姿は、二度とこの町に戻る気のない母の覚悟を物語っているとも考えられる。そうした想像は少しずつ、水溜《みずた》まりに落としたインクのように、じわじわと胸のうちに広がっていった。

ひどい冷え込みが続き、雪に降り込められる日が続く。暖かな部屋にこもって、煖炉《だんろ》の火をぼんやり眺める日々に、母の失踪《しっそう》を知ってからこの町に来るまで、半年以上もルーシャンを駆り立てていた焦りと不安もまた、徐々に薄れていった。

そして、跡を追ってきて欲しくないからこそ、母は何の情報も残さずに北へ去ったのでは、という気もしてきた。また、家を売らなくてはならないほどの借金を抱える難病にかかり、余命いくばくもないと知って、故郷で果てようとしたのではと、感傷的な想像がしっくりと胸に落ち着く。

父の言う、母は自分を手放し、そして、離ればなれになっていた間に置き去りにしたのだ、という言葉がじわじわと心に染み込んでゆく。

ひどく感傷的になっている自分を恥ずかしく感じる一方で、親しい者のいない町で閉ざされた冬を過ごすことに、ルーシャンは奇妙な居心地の良さを覚えていた。北側の視界の半分を占める悠然とした天鳳山脈を見上げる日々を過ごすうちに、七年前と変わらずそこにある風景に気持は穏やかになってきた。

母の出自については、康宇国に帰って父を問い詰めれば教えてくれるかもしれない。旅の通りすがりに情をかけた相手であろうと、子どもを産ませて引き取るとなれば、女の背後にある血縁関係に無頓着《むとんちゃく》であるはずがない。世界経済を操る康宇商人に育てたはずの駒が、母方の柵《しがらみ》に囚《とら》われるようなことがあってはならないからだ。

厳寒期が過ぎたころには、ルーシャンはただ、母が最後に歩いたであろう道筋を辿《たど》ってみたいと思うようになっていた。

もしかしたら、どこかで出会う山の民が、一人旅の女を見たと教えてくれるかもしれない。

峠にいたる前に、誰のものともわからない女の白骨を拾うかもしれない。

それでも、峠までは行ってみよう。母とその先祖が来たという大地を目にして帰ろう。

そうした感傷の重苦しさに堪えられなくなると、護衛の青年を相手に鍛錬に励む。

異郷や未開の地を征《ゆ》く交易商人は、護身術や武術も若い内に身につけることが推奨されている。どこで紛争に巻き込まれるか、あるいは盗賊の襲撃を受けるか、わからないからだ。単純に交易に立ち寄った村で、私欲に駆られた村民に襲われることもある。

商品や自分自身の命を守るために、戦わなくてはならなかったという武勇伝は、あちこちの隊商宿における自慢話のひとつだ。

始めて十日も経たないうちに、ルーシャンは木剣ではなく真剣を使って練習するようになった。

「偽物を使うより、本物で鍛錬する方が、覚えるのも鍛えられるのも早いですから」

護衛兼師範となった青年が、したり顔でルーシャンに剣を選んでくれた。

「戦ったことは、ある？」

ルーシャンの問いに、青年はにやりと笑う。

「康宇の守備兵を三年、退役して隊商相手の傭兵《ようへい》稼業を五年。盗賊と戦ったのは四、五回くらいかな。酒場の喧嘩《けんか》は、ちょっと覚えてないです。ああそうだ。遊牧民には出会い頭に矢を飛ばしてくる連中もいます。盾を使えるようにならんといけませんな」

「弓矢も覚えたいな」

「あまり得意じゃないが、基礎は教えましょう。この旅が終わったら、弓の達人を探して師範を頼むといいです」

熱心な教え子に、護衛兼師範は楽しそうに応じた。


春が来て雪も融けてきた。

叔父《おじ》から天鳳越えの資金が送られてくるのを待つ間、ルーシャンは馬を二頭買って乗馬の訓練を始めた。城塞《じょうさい》都市の周辺を遠出して、高原地帯の長旅に体を慣らしていく。

ほんのひと冬の間に、ルーシャンはまた背が伸びた。鍛錬の他にすることもなかったせいか、肩幅も広がり、腕や胸の筋肉もずいぶんとついた。十四になったばかりと聞いた者は、みないちように驚く。体格もさることながら、顔つきや態度にも、すでに十代の後半にさしかかっているのではと思わせる落ち着きがあった。

そうして高原一帯に無数の花が咲き乱れるころ、叔父が自身の隊商を引き連れて山間の城塞都市にやってきた。そのまま天鳳山脈を越えて北麓へ交易をしに往くのだという。

「親爺様に、命じられたんですか」

自分のわがままに、親戚《しんせき》を巻き込んでしまったかとルーシャンは少しばかり気を遣う。

「そうしろとは、言われなかったがな。北麓の朔露高原では、部族間の抗争が激しくなっているという情報を得たのだ。北麓の交易路の治安を、この目で見ておく必要もある。北麓の交易事情によっちゃ、おまえさんがお袋恋しさに無理を押して、朔露高原まで迷い込まないよう、手綱を引かなきゃならんだろ。雇われ護衛だけでは心許《こころもと》ない」

　さらに叔父は、ルーシャンに実地で新天地の交易を学ぶよい機会だと、機嫌よく語った。ここまで来たのだから、知られている限りの行路と、見知らぬ国を見て歩くことは、年齢にかかわらずよい経験だというのだ。

　護衛ひとりを連れての、気儘《きまま》な母の弔い旅と心を定めていたルーシャンは、予定の変更を余儀なくされた。

　早くおとなになれないものかと、ルーシャンは内心では歯ぎしりをして己を抑える。

　しかし、旅の資金や滞在費は父が出し、未知の異郷では叔父の人脈が頼りであった。成人まで何年も先の一少年が、護衛を従えて何も生み出さない放浪を許されていること自体が、おそろしく贅沢《ぜいたく》なことなのだ。

　標高が上がるほどに、息が苦しくなり、一日の行程は平地のそれよりも短くなる。それは、徒歩でも騎乗でも変わらない。

　叔父曰《いわ》く、高山の旅は急ぐことなく徐々に進み、空気の薄さに体を慣らしていかなければならないということだ。頭痛などが起きたら休まなくてはならない。とはいえ足を休めるわけにはいかないので、高山慣れしていないために具合が悪くなった者は、馬や駱駝《らくだ》の背に縛りつけてゆくのだと。

「耳鳴りは要注意だ。頭痛や吐き気がしてきたら、すぐに言え」

叔父は毎朝のように、同じ言葉を繰り返した。

ルーシャンが、無邪気に天鳳越えをするなどと書いて寄越したので、高山行路の危険性を説くために、叔父が自ら出向いてきたのだ。そしてただでは帰らぬ康宇商人の習いとして、北麓《ほくろく》に独自の交易路を拓《ひら》くために隊商を編成してきた。

幸いというべきか、冬のあいだ中腹よりも上のあたりで鍛錬と乗馬の練習に動き回っていたお陰か、ルーシャンは高山病に罹《かか》ることなく隊商について行くことができた。叔父の交易を助けるだけではなく、途中で立ち寄った村や城塞でも、すれ違う遊牧民にも、昨年の夏から秋にかけて、峠を目指すひとり旅の女を見かけなかったかと、精力的に尋ね歩く。

そして、集落や道標ごとにある無縁廟《びょう》に立ち寄り、旅の最中に命を落とし、土地の者に弔われた者たちの墓標に参る。墓石に刻まれた文字の中に、母の名に似た名前が彫られていないか、ひとつひとつ指を添えて探す。名を残さなかった者は、代わりに遺品が廟内に納められているというので、石作りの建物や、洞窟《どうくつ》を利用して祀《まつ》られた廟をひとつひとつ参って、幼い日の記憶を呼び起こす母の遺品を探した。

天鳳山脈を南北に分つ峠のひとつを越えたとき、ルーシャンは来た道を振り返った。これが母の歩いた正しい道であったのか、母は別の峠を通って北麓へ向かったのではないかという疑念がわき上がる。

それほどまでに天鳳山脈の脊梁は東西に果てしなく長く、南麓と北麓に幾重にも襞《ひだ》のように畳まれた尾根の複雑さは、そこに道や足跡を残せることが奇跡とも思えてくるのだ。

ここにいたるまで母の死を確認できるものは、何ひとつ見つけられなかった。やはり母はまだどこかで生きているのではないか、いつか再会できるかもしれない、と思ってしまう。

ルーシャンは帯に挟んだ小刀を取り出して、一番古い組紐《くみひも》の腕輪に刃を当てた。すでに色あせてところどころ擦り切れ、窮屈になっていたそれはあっさりと切れた。ルーシャンは五つのときから身につけていた腕輪を谷へと投げ捨てた。谷底から吹き上げる風に乗って、組紐はしばらく風に舞ったのち、ひらひらと遠くの谷へと運ばれていった。

懐古の枕

「それで、お母さまの消息はつかめたのですか」

劉氏が枕を直しながら訊《たず》ねる。

「話が冗長で退屈だったかな」

ルーシャンは苦笑を返した。

「そうではありませんけど、旦那様《だんな》はもうすぐ河西郡にお戻りになるかと思うと――」

毎夜少しずつ、閨《ねや》の枕語りに康宇国の有り様や夏沙国の風俗について話し、また幼少期から少年期にかけての思い出深いことなど話しているうちに、いつしか休暇は終わりに近づいていた。

休暇といっても、昼間は登城して皇帝の相手をしたり、軍官との会議もある。また錦《きん》衣《い》兵の練兵に忙しく、宮城を辞してからも官僚や友人知人からの誘いで早く帰宅することも難しい。ルーシャン邸に人を招くことも増え、劉氏も忙しくなっていた。

ようやく閨に落ち着いて、昨夜の続きを話しているうちに、どちらかが睡魔に負けて話の途中に寝入ってしまう。

母と再会できたのか、あるいは母の消息を知ることができたのか、ルーシャンが都にいるうちに話が進むかどうかが気になるのだろう。

「結論から言うと、母の行方はまったくわからず、いまもって謎だ」

劉氏が薄闇のなかで哀しげに溜《た》め息をつく。

「叔父が気を遣って、復路は別の峠を通る行路を取り、翌年は別の行路を選んで北麓と南麓を行き来してくれたが、女のひとり旅を目にした者にも、世話をしたという者にも、とうとう出会わなかった」

ルーシャンは、今夜の酒宴で口にした酒の臭いのする息を吐いて、天井を見上げる。

「天鳳山脈を越える行路は、どの道を取ろうと危険だ。断崖《だんがい》絶壁に沿った、人ひとりがやっと通れるような道もある。谷を渡る突風に煽《あお》られて足を踏み外してしまえば、手綱を握った獣ごと千里の崖《がけ》を真っ逆さまに落ちていく。そうなれば万に一つも助からず、死体も見つからない。熟練《こんせき》の苦力《クーリー》でも気を散らせば命がないのだ。あのような場所で命を落としたとしたら、痕跡を残さずに消えてしまった理由もうなずける」

「ひとがひとり、朝露のように消え失《う》せてしまうことが、あるのですね」

劉氏のつぶやきには、その生涯も心の内も語られることなく、書き残されることのなかった女の生き様を想う、深い慨嘆が込められていた。

「旦那様がお母さまの行方を追ってひとりで旅をされていたのが、いまの大黎《ダーリー》よりも年下だったことを思うと、胸が塞《ふさ》がります」

「ひとりではない。父がひとり旅など許さなかったから、護衛も親戚もついていた。大黎のほうが、慶城を発《た》ったときは当時の俺よりも幼かった上に、誰ひとり知る者のいない都に送られて、よほど心細かったのではないかな」

軍人の息子に生まれた以上、どうしようもない運命であるが、幼かった息子に苦労をかけてしまったことは、認めるべきだろう。

「母を早くに亡くし親戚に預けられ、後妻に迎えた芭楊の母も長くは生きなかったために、再び親戚の中で育つという、落ち着くことのない幼少期であったが、素直で努力を厭《いと》わぬよい息子に育ったのは、そなたのお陰だと思う。礼を言わねばな」

「いえ」

劉氏は謙遜《けんそん》してうつむく。

「俺の話ばかりしてきた。このまま任地に戻れば、またそなたのことをほとんど知らないまま都を離れることになる」

劉氏は困惑して首を横に振った。

「数々の国を行き来してこられた旦那様に、お話しできるようなことがございません。都育ちといっても、両親の家から離れたことがなく、結婚してからはずっとこの邸《やしき》で日を過ごしておりますので。大黎の成長だけが楽しみです」

「まったく外出したことがないのか」

ルーシャンは驚きの声を上げた。いくら広い邸宅に住んでいるとはいえ、一年に一度も外へ出かけることのない生活が、ルーシャンには想像できない。

「まったく、ということはありませんが――」

劉氏は首をかたむけ、考え込む。

「季節によっては、両親や親族とともに、名勝古刹《こさつ》を訪ねたことはあります。数えるほどですが」

「では残りの休暇は、そなたの案内で都を見物するとしようか」

「あ、はい」

驚きのなかに、かすかな興奮が滲《にじ》み出た短い返事であった。

「外出は楽しみです。でも、天鳳山脈の北麓に出たのちのお話も聞きたいです」

「その先はさらに冗長で、いつ終わるとも知れない旅が続くだけだぞ。母の消息をあきらめたあとも帰国はせず、叔父《おじ》について天鳳山脈と死の砂漠の周辺を縦横に歩き回り、金椛国にも来た。最初の妻を娶《めと》り、ラクシュが生まれてようやく帰国する気になったのが二十歳を過ぎたころだ。そのときには、いっぱしの康宇商人になっていた」

ルーシャンはそこで言葉を切って、脈絡もなく浮かび上がる記憶をもてあましたように深呼吸した。

「傭兵に職を変えたきっかけは若気の至りだったが、いまこうして将軍にまでなったのだから、つまるところ天職であったわけだ。それも――とりとめのない昔語りにならぬよう、少し整理したいな。続きは次の帰京までとっておこう」

「次の帰京が楽しみですね」

このひと月で、劉氏はずいぶんと打ち解けてきた。声音も表情も、とても柔らかくなり、口数も増えた。

「そういえば、大黎や星大官から聞いたお話では、朔露人など北方の民は、わたくしたち金椛人と同じような、黒髪に小作りな顔立ちと聞いています。旦那様のお母さまが東方人であったのなら――」

劉氏は言葉を濁した。ルーシャンは混じりっけなしの西方胡人の外見をしている。母親が東方人だとは、とても信じがたい。

「西方の胡人と東方人との混血で、赤毛が生まれることは滅多にないという。だが、五歳まで俺を育て、その七年後に蒸発した色の白い黒髪の女が俺の生母であったと、父は断言している」

ルーシャンはそこで口を閉じ、話し終えて目をつむった。

その続きを、ルーシャンがこの先、誰かに話すことはない。

数年の放浪ののち、最初の妻子を連れて帰国したルーシャンは、父親に母の出自を問い詰めた。また、ルーシャンの異母兄弟には、母子ごと引き取って都に家を与えられた者もいた例を挙げ、どうして自分たちにはそうしてくれなかったのか、とも問い質《ただ》した。

父曰《いわ》く、夏沙より西に来ることを拒んだのは、母自身であったという。息子を手放すか、ともに康宇国へ来るかと選ばされたときに、母は躊躇《ちゅうちょ》なく息子を異国へと送り出したのだ。

母の出自に関しては、天鳳行路の東にある史安《シアン》市の遊郭で、舞姫をしていた女だとしぶしぶ父は語った。遊郭の妓女《ぎじょ》であれば、十中八九実の親に売られてきた娘だ。背後に係累の柵《しがらみ》はないだろうと、母の舞に魅了された父は身請けすることにした。

「あれが康宇国に来たがらなかったのは、そのためだ。母親が妓女であったことが知れては、おまえのためにならんと思ったのだろう」

母の職業を知っても、ルーシャンは顔色を変えなかった。

父親はさらに続けた。

母の母、つまりルーシャンの母方の祖母は、楼門関の塞外《さいがい》に住むいずれかの東方人だったらしい。金椛人であったかどうかは、母も知らなかったという。祖母は若かったときに北方から来襲した異民族に掠奪《りゃくだつ》され、北麓《ほくろく》へと連れ去られた。そこで自分を掠奪した男と夫婦になったらしい。二男二女を生《な》したがやがて生活に困窮したために、夫が娘のひとりを史安市に連れてきて売り飛ばし、銀を得て北へ帰ってしまった。

この母方の祖父が、毎年のように辺境を荒らす『北方人』であったことは、父と自分しか知らないことである。

いまや金椛国の上級将軍になった現在、母方の祖父が、金椛に侵攻した朔露軍の跋扈《ばっこ》する天鳳山脈北麓の遊牧民であったなどと、相手が家族であろうと口が裂けても話せることではなかった。

このことは、墓場まで持って行けば、誰にも知られることはない。

そういう意味では、ルーシャンが去った後の母は、まったくの天涯孤独であった。

親に売られ、兄弟姉妹と引き離され、伴侶《はんりょ》を拒み、息子を手放し、たったひとりで峻《しゅん》険《けん》な山道を越えて生まれ故郷に帰ろうとした女の生き方は、まったく理解も想像もできない。

それに、母の父親の出自についても、謎が多い。北麓の遊牧民には胡人との混血も多いと聞く。一度も会ったことのない祖父は、もしかしたら黒髪黒目の朔露人とは異なる、柔らかな明るい髪色の、深目の雑胡であったのかもしれないと、ルーシャンは時に想像してみるのだった。

第二話　東瀛国からの使節

一

金椛《ジンファ》の帝都から東へ進み南へ下り、海東州《かいとう》と海南州《かいなん》を隔てる蘭河《らんが》の北岸にいたると、その河口近くには、金椛帝国第二の港湾都市『海蘭城《ハイラン》』がある。

軍官僚の橘真人《きつまひと》は、十数年ぶりに東の海から訪れるという東瀛国《とうえいこく》の使節を迎えるため帝都から派遣され、ここしばらく海蘭城に滞在している。何を好き好んでか、海の荒れやすいこの季節に渡航してくる使節を待つ間、真人は海洋貿易と漁業で繁栄する海蘭城下の賑わいを、従者を連れて懐かしげに眺めて歩くことを日課にしていた。

すでに三十代の後半にさしかかっているはずであるが、丸顔に丸い目、丸い鼻と、何もかもが丸づくりの顔立ちをした真人は肌の色艶《いろつや》もよく、実年齢より若く見られる。

州境を流れる大河に因《ちな》んで名付けられた海蘭城は、実に多様な人種と言語で賑わう城市であるが、西域と違って、目の色や髪色の異なる西胡人《せいこ》は滅多に見かけない。しかし、注意深く耳を澄ませば、同じ黒髪で平坦《へいたん》な顔つきの似たような人々が、多様な方言のみならず、それぞれ異なる言語を話していること、そして、帽子や衣服が金椛では見られない色柄や特徴のある模様、そして着付けであることに気がつく。

その日も、滞在している官舎から港までぶらぶらとやってきた真人は、水平線に浮かぶ船影に目を細め、額に手をかざした。秋も半ばだというのに、きつい日射しに熱せられた、剝《む》き出しの地面から立ち昇る陽炎《かげろう》の向こう、重なる波の彼方《かなた》をじっとにらみつける。

帆の形、支柱の濃い朱色、そして両角の突き出た舳先《へさき》の飾りまで肉眼で見えたところで、もう一艘《そう》のまったく同じ形の船が水平線に現れた。真人はにこりと笑みを浮かべ、ヒュウと口笛を吹いた。

「ようやく到着したか。嵐で漂流も沈没もせずにちゃんと来られてなにより、なにより」

上機嫌な口調で、傍らの従者に東瀛国使節の到着を県令に急ぎ報《しら》せるように命じる。

真人は船がゆるゆると入港するのを波止場に立って眺めつつ、水夫を含めれば数百人に及ぶであろう使節団が上陸するあいだ、大使らが一休みできる亭楼の設営にとりかかるように、港の役人と苦力《クーリー》らに命じた。

朝には市場の立つ広場から、漁船を引き揚げて並べてある砂浜にいたるまで、何本もの支柱が立てられ、綱が張られる。日射しや風を避ける帆布を巡らせた亭楼が、次々に立ち上がった。なかでも大使をもてなす亭楼には椅子と卓を置かせ、茶と果物も用意させた。

船から錨《いかり》が降ろされ、陸から迎えの艀《はしけ》が滑るように東瀛船に近づく。

最初に陸に上がってきたのは、赤い官服の人物だ。帯は金の留金《とめがね》がついた革帯を締めている。東瀛国では五十年ほど前から、金椛国に倣って官品を服や被《かぶ》り物、帯の色で区別している。濃い緋色《ひいろ》が許されるのは、東瀛国では正五位以上の貴族であるから、彼が使節の正使か副使であろう。久しぶりの地面に体が慣れないらしく、いまだにゆらゆらと波に揺られているように、足下が危うい。

真人は帯に挟んでいた笏《しゃく》を抜き取り、両手に持って前に進み出た。

丸顔に黒絹張りの小冠を被った、緑衣銀帯の金椛官人が悠然と接近してくるのを見た緋《ひ》袍《ほう》の東瀛人は、立ち止まって姿勢を正した。日射しを遮るもののない船の長旅のために、蓄積した疲労と皮膚の傷みを差し引いて、年は四十代後半といったところか。上陸のために整えたのだろう。丹念に梳《す》かれた顎鬚《あごひげ》は鎖骨あたりまで届く。背は真人より高く、広い顎《あご》と肩が逞《たくま》しげな、武人風の人物だ。真人の作法を真似るように、帯の背中側に挟み込んでいた笏を抜き出して掲げ持ち、会釈する。

緋袍の官人の供回りから、縹色《はなだいろ》よりも薄青い袍に、革の平帯を締めた中年の官人が歩み出た。東瀛側の通詞《つうじ》であろう。真人は双方へ順番に微笑みかけ、自分から先に声をかけた。

「使節の方々、ようこそおいでなさいました。長旅ご苦労様です。使節の皆さまの接待と帝都までの送迎を命じられた、橘真人と申します。通詞も兼ねておりますので、ご要望があれば、私にお申し付けください」

笏と重ねて持っていた薄緑の厚紙を差し出す。真人の姓名と官位官職を記した名刺だ。

真人の流暢《りゅうちょう》な東瀛語に、緋袍の官人は驚きに目を瞠《みは》り、そして恭しくお辞儀する。

「これは丁寧に。こちらで東瀛語の巧みな金椛人の訳語《やくご》者、もとい通詞に会えるとは、まったく予想していませんでした」

「ええ、当方の記録に見る限り、東瀛国の使節の皆さまは、流暢に金椛語をお話しになります。正使殿も我が国の言葉を学んでこられたでしょうから、ふだんの会話は金椛語でお話ししましょう。不便なことがあれば、いつでも東瀛語で話しかけていただきたいと、お伝えしたかったまでのこと」

垂れがちな目尻《めじり》がいっそう下がる人の好《よ》い微笑に、使節の面々から、命がけの航海を終えてついに異国に足を踏み入れた緊張が解けていく。

「それはもちろん、こちらも助かります。金椛語の習得は我が国では必須《ひっす》の学問ですが、読み書きはともかく、話す方は教え手が不足しているため、正しい発音で操れる者はごく少数です。間違いがあれば教示いただければ幸いです。私は持節《じせつ》大使の錦野駒《にしきのこま》と申す。以後よろしくお願い申し上げる」

錦野駒は胸を張り、帯に佩《は》いた剣を左の手で示した。軍事あるいは外交の全権を、主君から預かったことを示す持節の剣だ。

「金椛側から通詞を提供されるのは、初めてではないかな」

錦野大使は供回りへふり返って訊《たず》ねる。無官の書記らしき青年が進み出て「出航前に学んだ限りでは、東瀛語を巧みとする金椛人の通詞は例がありません」と答えた。

「貴使節は今上の即位以来、初めての入朝ですので、私が東瀛語を話せることをお知りになった皇帝陛下から、直々に命を賜りました」

かれらが挨拶《あいさつ》している間に、東瀛船と港を何艘もの艀が行き交い、官人に学生、学問僧に続き、水手《かこ》にいたるまで次々に上陸してくる。周囲がざわざわしてきたのと、日射しの強さから逃れるために、真人は錦野大使をにわか作りの亭楼へ案内する。

錦野大使は真人の名刺を何度も読み返し、傍らの側近に手渡した。

「お名前からすると、東瀛国のご出身のようですが」

「母が東瀛人でした」

真人は愛想良く答える。すると錦野大使はずいと身を乗り出して、真人を正面から見つめた。鼻息が荒い。

「橘《たちばな》氏は東瀛国においては高貴な血を引く名門、真人もまた古き時代には皇族のみに許された姓《かばね》。橘真人殿は東瀛国の皇族の末裔《まつえい》でおいでか」

神経の図太さで、年の離れた親友の星遊圭《せいゆうけい》には定評のある真人であったが、錦野大使の追及にはぎくりとした。

金椛国で名乗っている自分の姓名が、東瀛国大使の興味をかき立ててしまったようだ。真人は警戒心を呼び覚まされる。

真人は金椛人の海洋商人が、航海中に立ち寄った東瀛国の女と懇《ねんご》ろになり、気まぐれに生ませた私生児であった。母は姓を持たない一庶民で、読み書きのできぬ母の名付けた『マヒト』という名に、どのような意味が込められていたのかも、不明であった。のちに手習いを始めた真人が、自分で意味を推し量り、該当すると思われる文字を選んで勝手に『真人』とあてることにしたのだ。それがさらに、金椛語ではまた別の意味があることは、ずいぶんあとになって知った。

数年おきに母と真人を訪れる父親の影響で、金椛語を学ぶかたわら東瀛語の読み書きを覚えたことから、役人になろうと志し上京もした。しかし、古代より連綿と続く皇統に仕えてきた名門氏族が政治を独占する東瀛国では、貴族か豪族の生まれでもない真人に、地方でも中央でも任官の道は開けなかった。

そこで、父のような海洋商人になるために、私貿易船の水手兼通詞に雇われて金椛国へ渡ったが、頼りにしていた父親は船が難破して行方不明となっていた。そのために父の一族は離散していて、ようやく探し当てた父の正妻からは門前払いを食らった。遠い異国で身を寄せる知人もなく、帰国する金もないという、八方塞《はっぽうふさ》がりの状況に陥った。

港で苦力の仕事にありつき口を糊《のり》しようにも、重労働の割に日にいくらも稼げない。

東瀛国の地方役人が務まる程度の学力と、拙《つたな》いながらも二ヵ国語を操る自分の才能は、荷運び以外の使い道があるはずだと、役所に乗り込んで書士の仕事を求めたが、身元を保証する縁故がないために相手にもされなかった。

金椛国では、学問を修め、試験を受けて合格すれば、誰でも高給の官吏になれるという。港町で聞きかじった半端な情報を鵜呑《うの》みにした真人は、充分な知識と軍資金を持たないまま、各国から留学生が集まるという帝都に上った。

生まれついての貴族だけが従五位以上の官人になれる東瀛国と違い、金椛国では試験を受けて合格すれば、庶民でも官僚になれるという話は事実であった。高い学力で及第し、朝廷での実績を積み重ねれば、大臣にまで登りつめることができるのだ。

だがここでも真人は身元の保証人がいないために、国士太学《こくしたいがく》の入学試験である童試《どうし》の受験資格すら与えられなかった。

とはいえそこは帝都の学生街。探せば代筆や写本の仕事はそれなりにあり、港の苦力ほど心身をすり減らさずに、その日その日を食いつなぐことは可能であった。橘子生《しせい》なる東瀛国の留学生と知り合ったのは、そのように進むことも戻ることも叶《かな》わぬ日々を漫然と送っていたときだ。母国の言葉で話せる気安さから、酒を飲ませて酔い潰《つぶ》したところで、子生の学生証を盗んで逃げた。

橘子生の帰国を待ち、学生証を使って首尾良く学府に通いつめることができるようになると、金椛語をさらに磨いて文書を学んだ。書生の副業でもある写本の仕事も、質量ともに増えて、暮らしは少しずつ楽になっていった。

学生街に無数に暮らす貧乏書生と同じように学問に励み、皇城に知人が増えていけば、やがては身元を保証してくれる人間に出会う機会はきっとある、童試の受験も叶うと真人は前向きに考えた。

だが、受験勉強を始めた真人は、すぐに官僚登用試験の膨大な試験範囲と、金椛人の秀才でさえ針の穴を通すような難関さを思い知る。一度は落胆し、ふたたび受験をあきらめかけた真人ではあったが、外国人の自分が合格するのは無理としても、帝都にいれば官人か富裕の商人と知り合う機会もあるだろう。運良く雇われ、書記か通詞として幕《ばく》友《ゆう》または食客への道も拓《ひら》けるはずと考え直した。

しかし、金椛帝都における、浮き草的ではあるがそれなりに心地よい書生暮らしも、長くは続かなかった。医学を修めるために図書寮《ずしよりよう》に出入りしていた後宮の女官に惚《ほ》れて、手を出してしまったのだ。逮捕され、死罪こそは逃れたが、流刑の憂き目に遭って諸国を何年も放浪する羽目になった。西の辺境で旧知の星遊圭と再会したことで金椛と朔露《さくろ》の戦争に関わり、流外の軍府令史から正規の軍官へと、ようやく立身を果たした。件《くだん》の女医官ともついに結婚することが叶い、真人の人生はいま、順風満帆である。

なのに、ここで東瀛国の使節に出自を追及され、東瀛国使の留学生から学生証を盗んで身分を詐称した過去がばれては、都合がよろしくない。

まして、正当な学生証の持ち主が、東瀛の皇族つながりの貴族であったとしたら、なおさらである。

真人は使節の中に、自分の顔を知った者がいるかもしれない、あるいは十数年前に帰国した『橘子生』の学生証が盗まれたことを、覚えている者がいる可能性を考えた。

もっと悪いことに、留学によって習得した語学力を認められた橘子生自身が、ふたたび使節の一員として来朝しているかもしれないのだ。

相手が自分を覚えていれば、最悪の再会となるだろう。真人は気持を引き締める。自分の出自については、何も話さない方がいいと判断した。

「母方の系譜は、よく知りません。橘《きつ》に限らず、李《り》や桃《とう》といった、実の成る樹木名の姓は、金椛でも珍しくないです。それから、当地においては、真人は道《タオ》の真理を悟った仙人という意味もあります。東瀛国の官位とは関係ありません。親が壮大な名をつけてくれたもので、あちこちで揶揄《やゆ》されます」

苦しい言い訳ではあるが、嘘ではない。まるきりの真実ではないにしろ。

冷や汗をかきながら接待をしているうちに二艘《そう》目の船も入り、二百人を超える東瀛国の使節が上陸し終わるころには、真人が呼びにやらせた馬や駕籠《かご》の迎えが港に入ってきた。

真人は官服をまとった団員に素早く視線を走らせる。遠目ではあるが、十年以上も前に帝都で見知った顔は見当たらないことにほっと息を吐き、何食わぬ顔で大使らを駕籠に乗るように案内した。

二

官舎に戻って橘真人が最初にやったことは、朝貢品の目録とともに差し出された東瀛国使節の名簿に目を通すことだった。

冷静に考えてみれば、数年かけて金椛国の言語と文化を学んだ留学生が、帰国して出世したのち、次の遣使で重役を任命されるのは当然といえば当然のことだ。そして今回の使節に橘姓の官人がいれば、大使は真人と引き合わせようとするであろうし、その人物は十中八九、かつて真人が酔い潰して学生証を奪った橘子生に違いない。

『橘子生』との再会を想像しただけで、真人は身震いがする。

「まったく。庶人生まれの東瀛人が、金椛帝国の官僚になって出世していると知れば、傲慢《ごうまん》な東瀛国貴族の鼻を明かしてやれると思ったのになぁ。橘子生になりすましていたことがばれて、朝廷に訴え出られたら、これまでの苦労が水の泡だ。残念だけど、あくまでも金椛人として振る舞うしかない。ま、半分は金椛人だからな」

ゆるく握った拳《こぶし》で卓を叩《たた》き、ひとり言をぼやく。

それから気を取り直して、指を添えてひとりひとりの役職と姓名を追ってゆく。

「あ、でも、あいつの本名がわからない」

真人ははっとしてつぶやいた。

『子生』は東瀛人の名ではない。金椛における字《あざな》、あるいは通名であろうから、東瀛国の提出した乗船名簿には、東瀛語の本名が載っているはずだ。

真人は頭を抱えて考え込んだが、どうしても橘子生の東瀛名を思い出せない。もしかしたら、そもそも聞いていなかったかもしれない。東瀛人は金椛人同様に、本名を家族以外に知られることを忌むからだ。

「なんて呼んでいたっけ。橘大人《たいじん》？　橘大官？　橘大夫」

そこまで昔のことでもないのに、真人は思い出せずに頭をかきむしった。

気持を落ち着け、あらためて名簿を開く。

錦野駒の言う通り、橘姓の留学生が高貴な氏族出身の人物であれば、使節団でも上位の役目を与えられているだろう。大使である錦野駒以下、一文字も漏らさないように確認してゆく。二隻目の乗員を読み始めたところで、真人の指が止まり、首ががっくりと前に折れた。

「あー、あった。橘垂水――録事《ろくじ》か。たちばな――スイスイ、じゃないよな。どう読むんだ。帰国して十何年も経っての遣使で記録係の録事とは、案外に出世していないな。これだけじゃ、本人かどうかわからん」

会ったのは数えるほどで、ともに飲み歩いたのはひと晩限りのことだった。だから、橘子生は真人の顔を覚えていないかもしれない。

それに、真人にも多少の良心はあった。橘子生がほぼ留学期間を終えていたことと、その年には、隣国の遣使船の伝手《つて》を頼って帰国することを聞き、盗みを決行したのだ。

どうか自分のことは忘れていてくれと願いつつ、念入りに名簿を繰り返し確認した。

橘姓の人物は、この録事ひとり。

作業を終えると真人は書記を呼び出した。名簿と朝貢品の目録を転写し、こちらの控えとするように命じる。

「写し終えたら、原本はそのまま県令に提出してくれ」

帝都まで連れて行く人員は、二十人まで絞らなくてはならない。船長や船の操舵員《そうだ》、水手《かこ》などは海蘭市に残るが、陶工や鍛冶《かじ》職など、各種工芸の技術を学びに来た職工らもまた、帝都まで上らずに海蘭周辺の工房に振り分けられる。それは地方の官僚と真人が検討して決めることであった。

とりあえず顔を見て、橘垂水がかつての橘子生と同一人物かどうか確認しなくてはならない。もしそうであれば、中央官僚の特権を使って、入朝の随員から外し、海蘭に留め置くように手を回さなくてはなるまい。

真人は糊《のり》の効いた官服を出して、公賓館を訪問する準備を始める。整髪人を呼び出し、ヒゲを整え、ひと筋の後れ毛もなく髪を結い直させ、小冠を被《かぶ》り直した。

若い頃からひどかった目の下の隈《くま》は、愛妻で優秀な医師でもある周秀芳《しゅうしゅうほう》が用意させる健康的な食事と、張りのある生活のお陰で消えて久しい。下まぶたのたるみも以前より目立たなくなったことから、二十代の頃より若く見られるほどだ。橘子生を騙《だま》したうらぶれた浮浪書生とは、似ても似つかぬほど見違えていると、願うしかない。

この橘垂水が橘子生本人で、しかも真人をはっきりと覚えていて、そして再会するなり見分けたら——そのときはそのときだ。

真人は腹を括《くく》って公賓館へと足を運んだ。

公賓館の迎賓広間の入り口で、真人は給仕人に使節団のようすを訊《たず》ねる。

「みなさん、もりもり食べておいでですよ。どれだけまともな食事をしてなかったんでしょうね」

給仕は気の毒そうに言って、さらに料理を取りに厨房《ちゅうぼう》に戻る。

真人は扉の隙間からそっと中を窺《うかが》った。

何日も乾燥させた米飯と生水、漬物か干物があれば御の字という苛酷《かこく》な船旅の後だ。順風を捉《とら》えて正しい海流に乗れば十日前後の船路ではあるが、どうかすると一ヶ月も風に流され、潮にさらわれて、東西を行ったり来たりすることもある。

今回は半月かからずに辿《たど》り着いたという話だが、充分な糧食が船に積まれていなかったのではないかと思わせるほど、次々に運ばれてくる金椛の料理を貪《むさぼ》るようにして口に運ぶ団員のようすには、鬼気迫るものがあった。正使から通詞にいたるまで、東瀛国では身分も高く教養を備えた人々であるが、飢餓にも似た体験のあとは、食欲と生存欲を満たすために、なりふりなどかまってはいられないのだろう。

真人は正使の両側から、見覚えのある顔がないかと順番に目を移していった。

海蘭の政庁には、使節が船旅の疲れを癒《い》やし、病人が出ないことを見定めてから訪問することになっている。だから、金椛側の官吏は出席せず、使節の団員のみがもてなされているこの宴席では、官位の低い通詞は下座にいるはずだ。正使の両側を副使と判官、すると秘書を務める録事は——

真人は深く嘆息した。

揚げた魚に舌鼓を打つ人物の、品のよい細面の輪郭。年は四十前後と、十数年の歳月は刻まれていたが、紛れもない面影は見いだせる。切れ長だが、いつも微笑んでいるような少し下がり気味の目尻《めじり》は、いかにも生まれも育ちも良さそうな空気を漂わせている。当時は伸ばしていなかったヒゲで重厚さを増しているが、自分にも見分けられるのだから、向こうも真人に会えばすぐに思い出すだろう。

舌打ちをしかけて歯を食いしばり、吐息もかろうじて押しとどめる。

一行が海蘭にいるあいだは、橘垂水と顔を合わせずに接待役をこなす方法を考え出さねばならない。

「参ったなぁ。遊圭さんに知恵を借りられたらいいのに」

知恵者で知られた、ひとまわりも年下の友人を思い浮かべ、嘆息する。踵《きびす》を返した真人の目の前で、左手に家鴨《あひる》の丸焼き、右手に茄子《なす》の生姜炒《しょうがいた》めの大皿を運ぶ給仕が、危うく立ち止まった。

「おおっと、すみません橘大官。袍《ほう》を汚してませんよね」

廊下じゅうに響き渡るような声で、給仕が謝罪する。童顔で愛嬌《あいきょう》のある顔立ちが大熊猫《ダパン》にも喩《たと》えられる真人は、官吏の上下を問わず、庶人にまで気安く話しかけられてしまう。それ自体に不便や苛立《いらだ》ちを感じたことはないが、この瞬間は他の官僚に対してそうするように、遠回しに恭しく避けて欲しかった。

半開きの扉から給仕の声が聞こえたらしく、室内から柿渋衣の東瀛人が出てきて真人の袖《そで》を引いた。

「橘《きっ》大官、この地に着くなり、宴会のごときごちそうを振る舞っていただいて、まことにありがたいことです。大使が是非ともお礼に代えて、杯を交わしていただきたいと申しております」

衣の色からして、扉近くに控えていた無位無官の雑使《ぞうし》であろうか。真人に東瀛語が通じると知られたために、金椛語など解さないであろう身分の者まで、ためらいなく話しかけてくる。

「ああ、いえ。私は接待に不備がないか監督しに来ただけでして。みなさまがおくつろぎのところを邪魔するつもりはありません。どうかごゆるりと」

真人が雑使を振り払おうとしている背後から、よい香りとともに品のよい声が話しかける。

「これはこれは、こちらが噂の橘大官でいらっしゃいますか」

うっすらと聞き覚えのある声に、真人は飛び上がりそうになって足を踏みしめ、ゆっくりとふり返る。

薄緋《ひ》の官服は、大使の錦野駒より位のひとつ低い、従五位の貴族が着る色だ。使節の下船時には見かけなかった顔なので、真人は初対面のふりをする。

「上陸の時にはお会いしてませんね。お名前を伺ってよろしいですか」

「録事を拝命している、橘 垂水《たちばなのたるみ》です。献上品の搬出を監督していたため、下船が最後になりました。そのために、港ではお会いできませんでした。橘大官とは奇《く》しくも同姓と聞いて、お会いするのを楽しみにしておりました」

「読み方は、違いますけどもね」

にこやかに接してくる垂水に、真人は冷や汗をかきつつ応じた。

「橘大官とは、初対面という気がしませんが、私が以前こちらに留学したときに、どこかでお会いしたことはありませんか」

態度も口調も柔らかだが、確信を込めてぐいぐい押してくる勢いに、真人は後退《あとずさ》る。

「え、いつのことでしょう。先の遣使船はずいぶんと前のことですよね」

「十四、五年になります。私は金椛語の習得のために、二年半ほど滞在していました」

「そんな前ですか。私はまだ上京していたか、いなかったか――」

垂水は真人のことを覚えていて、鎌をかけようとしている。学生証を盗み取ったことを、錦野大使に通告されては非常にまずい。

「ここ数年は北西部の辺境で軍官をやっていたので、それ以前のことはところどころ記憶が抜けています。なにせ西部では何年も戦争が続いていまして、特命を帯びて国外の砂漠を越えたり、賊に襲われて死にそうな目に遭って重傷を負ったり、それが治れば敵地へ潜入して伝令をさせられたり、帰国したら前線に赴いて砦《とりで》を取ったり取られたりを繰り返し、雪や砂の嵐の中での野営が日常になり、矢が雨の如く飛び交う荒野を何日も移動したあげく、焼け落ちた楼門関《ろうもんかん》を奪い返して再建したりとか、とにかく、生きて都へ帰れるのかわからない日が、ずっと続きましてね」

話題を変えてこの場を切り抜けようと、真人は刺激のある言葉を選び、脚色も交えて、舌の回転を上げる。

「戦渦を生き延びた経験と、都に帰ってからの多忙ですが平和な日々のせいか、任官する前のことは、ただ漫然と勉学に励んでいた記憶ばかりで――」

「橘大官は、将軍なのですか！」

心底びっくりしたという顔で、垂水はぐいと前に出た。真人は頭を掻《か》いて困惑の笑みを浮かべる。

「いえ、事務方の軍官です。末端の軍吏から始めて軍功を上げ、戦後の論功行賞で官品は翊坤校尉《よくこん》、官職は長史を賜りました」

実力でのし上がった叩《たた》き上げの軍官僚ですよ、と言いたげに胸を張る真人の口調に、垂水は感心して何度もうなずいた。

「戦争があったんですね！　こちらの戦は動員数が桁違《けたちが》いで、武器や兵器が凄《すさ》まじいと聞いています。よろしければ、お互い生きてここにいる喜びとともに、うまい酒と料理を味わいながら、詳しいお話と華々しい武勲について聞かせてください」

ぐいぐいと真人の肘《ひじ》をつかんで広間の中に引きずり込もうとする。

悪意や恨みは感じられない。もしかしたら、垂水は真人と飲んだことは覚えていても、学生証が盗まれたことを知らないまま、帰国したのだろうか。正体をなくすほど酔い潰《つぶ》れたのだから、どこかで失くしてしまったと考えているのか。

旧知の自分を忘れてしまったらしい真人に、単純に思い出して欲しくて、親しげに話しかけているのだろうか。

真人は垂水の腹を探っておこうと、促されるままに錦野大使と垂水の間に置かれた席に腰を下ろした。

錦野大使を始め、東瀛人は口々に真人の仕事や母方の出身地、先の戦争について質問を浴びせる。真人は適当に返事を濁したり、あるいは時に東瀛語がわからないふりをしたりして、大使らの杯に強い酒をどんどん注いで回していった。

かつて垂水を酔い潰したときもそうであったが、東瀛の酒は金椛のそれにくらべて酒精が低い。自国の酒と同じ調子で金椛酒の杯を重ねれば、あっという間に酔っ払って前後を失ってしまう。真人は自分の瓶子《へいし》には巧みに水を差した酒を入れて、来賓たちを酔わせることに心を砕いた。

「そこで、豪雨の如き矢がおさまると、鉄札《てつざね》の胸甲と冑《かぶと》に身を包んだ、重装備の金椛騎兵たちが、大盾の間から鉾《ほこ》を構えて突進し、両手に戦斧《せんぷ》を振り回す朔露の兵と正面から大激突！」

真人が身振り手振りで語る武勇伝に、東瀛人たちは歓声を上げ、手を叩いて聞き入った。幸いなことに、垂水もまた同僚たちと同じように、見たこともない異民族との壮絶な攻防戦の話に熱心に耳を傾けていた。

――意外にうまく取り込めるかもしれない。

真人は胸を撫《な》で下ろし、久しぶりに母語で思いを語り尽くせる快楽に酔った。

三

自分自身もしたたかに酔って宿舎に帰った真人は、昨夜は調子に乗ってしゃべりすぎたのでは、と反省した。自分自身の出自や偽学生時代の話題には、いっさい触れないようにひたすら朔露戦役の話題から離れず、使節らには航海の困難と苦労話を促した。

また、現在の東瀛国では、天子が代替わりしたことにも話が及んだ。地方生まれの庶民であり、狭い縁故が頼りの職探しのため、上京したときも数ヶ月しか都に滞在しなかった真人にとっては、東瀛国の政治の動きや国内事情に大きな変化は感じられない。

だが、すでに酔いが回っていたことと、遠い異国にいる解放感が手伝って、上は正使から末席の通詞までが、本国の朝廷では口にできないことまで大声で暴露していた。

いまごろ、目上に対して口が過ぎたとか、秘すべきことに口を滑らせてしまったと、頭痛とともに後悔しているのは、真人だけではなさそうだ。

昨夜の騒ぎを一通り思い返し、自分自身の怪しい来歴については言及しなかったことに安心した真人は、顔を洗い身だしなみを整えて政庁へと出勤した。

東瀛国使節の上京と入朝について、待遇と規模を詳細に打ち合わせるためである。

朝貢品を積み込む荷車と人夫の手配、使節の要人を乗せる轎《かご》の用意、上京はせずに海蘭市の周辺で工芸技術を習得する職人たちの滞在地の振り分けなど、采配《さいはい》することは山のようにあった。

「今回の東瀛国使節の接待は、橘大官がおられるおかげで、もろもろ円滑に進められて助かります」

海蘭市の県令は、本心からの笑みを浮かべて真人に礼を言う。真人は軽い驚きを込めて訊《たず》ねる。

「県令殿は、前回の東瀛国使節も接待されたのですか」

最後に東瀛国から遣使船が来たのは、もう十四、五年も前だ。地方官には任期があり、同じ任地に戻ることは稀《まれ》である。もっとも、現職の県令がもっと官位が低く、別の官職についていたときに、東瀛国使節の上陸に居合わせたことはあるかもしれない。

県令は曖昧《あいまい》に首を振った。

「東瀛国の使節は不定期な上に、たいていは突然やってきますからね。しかも、指定の港へ期日までに到着することも珍しいのです」

県令は苦笑いしつつ書類をさばく。

今回のように、近隣国の使節あるいは私貿易船等を通じて来朝の意思を伝えてくることはあるが、それも航海が失敗に終わって辿《たど》り着けないことも珍しくない。

「記録書や、前任者から聞いた話では、三度のうち二度は、風に流されてもっと南方の港に上陸したり、運が悪ければ難破して近海の島や、人里から離れた浜辺に流れ着いたりします。すると、何日も経ってから連絡が入り、救助やら迎えやらを送らねばならなくなるということが、たびたびあったようです」

難破や漂流で辺地に打ち上げられ、見つかったときにはすでに金椛語を解する上級団員や通詞が死亡していた場合、生き残った団員と船員だけでは、地元の役人と意思を疎通させることも、身元を照会することも困難を極めるという。

「今回は大過なくここの港に着いて、橘大官も運が良かった」

もし、錦野大使の船団が海蘭の港に辿り着けなければ、海の藻屑《もくず》となった使節の消息を聞くまで何ヶ月も待ち続けるか、うんと南方の海岸に漂着していた使節団を迎えに行く羽目になっていたかもしれない。

そういったもろもろの事情のために、金椛側では使節が到着してから、歓迎の準備をするのが通例であった。

橘垂水を入朝組から外せないかと考えた真人であったが、さすがに緋袍《ひほう》の官人を上京させせない理由は思いつかない。そして学生証に関しては、その紛失と真人とは無関係と記憶しているようなので、ここはうまくやり過ごすしかなさそうだ。

「東瀛人て、すぐ人を信じるからな。そういえば、遊圭さんは金椛人なのに人を疑わないところがある。ふたりを会わせたら気が合うかもしれない」

　真人は思わず口元をほころばせる。

　二十人の東瀛国使節団が、真人とともに海蘭市を発《た》ったのは、上陸からひと月後のことであった。

　海蘭滞在中の真人は、接待が行き届いているか毎日のように大使を訪問していたが、事務処理の忙しさを口実に、かれらと接触する時間は最小限に留《とど》めた。つまり、橘垂水と顔を合わせることを極力避け続けたのだ。

　だが、垂水は道中の移動に馬車や輌ではなく、騎馬を希望した。軍官である真人には、使節の先導として騎乗するため、道中の話し相手を求め馬首を寄せてくる垂水を避ける術《すべ》はない。

　折悪しく快晴が続き、真人は恨めしげに澄み切った空を見上げた。雨天ならば雨具に身を包み、だんまりと道を急ぐ手が使えたであろうにと、ため息をつく。すでに収穫を終えて水の抜かれた田圃《たんぼ》に、雀が落ち穂を求めて飛び交うのを、垂水は微笑ましげに眺めつつ、真人に話しかけた。

「秋の風景は、東瀛国も大陸も同じようなものですね」

「収穫期は、どこも似たような風景になるのかもしれません。北天江《ほくてんこう》の北岸では、麦や高黍《たかきび》なども栽培されているので、夏から晩秋にかけての風景はまた少し違いますよ」

　真人はうっかり同意しないように、言葉を返した。かつて垂水と帝都で会っていたときに、自分の出自についてどう話したかを、真人はひと月かけてじっくり思い出し、整理しておいた。だが、それでも忘れてしまったり、垂水の方で思い違いしたりしている部分があるかもしれない。

垂水はなるほどとうなずき、帝都より北には行ったことがないが、前回の帰国では北天江を下ったことを懐かしげに口にした。

「やっとゆっくりお話しする機会ができましたねぇ。海蘭では入朝の準備で忙しく、公賓館での宴《うたげ》以来顔を合わせる時間も取れませんでしたが」

何を話す必要があるのかと、真人は内心で焦った。愛想と調子の良さで金椛の社会を乗り切ってきたが、さすがに笑みを浮かべた頬が引きつる。

「真人殿は、本当に私のことを覚えておいでではないのですか。私はそんなに印象の薄い人間ですかね。祖国のためとはいえ、長く異国を離れ、ひとり学問に打ち込むつらさを分かち合える、同じ言葉を話せる同胞と出会った喜びは、私にとっては一生忘れ得ないものでありましたが」

どうやら垂水にとって、留学時に出会った真人との短いつきあいは、真人の記憶とはまったく異なる微笑ましい思い出となって刻まれているようである。

あの当時、東瀛国の言葉を話せる人間が、帝都に何人もいたはずがない。それは現在でも同じだ。否定できない以上は、垂水の記憶をできるだけ真人の都合のいい方向に改変していくのが得策であろう。

真人はばつが悪そうに顔を赤らめ、謙遜《けんそん》と卑屈を混ぜ合わせた苦笑を垂水に向けた。

「すみません。あの当時の僕は実家との縁も切れ、学問もろくにせずに、日々お金のありそうな童生《どうせい》にたかっては、胃袋を満たしていた貧乏学生でした。酔って寝込んでしまった垂水殿に、飲食代を押しつけて帰ってしまったのは恥ずべき振る舞いで、どの顔で旧知だなどと名乗れるでしょうか。それに、僕のような人間とかかわりがあったなどと知れたら、ご身分のある垂水殿のご迷惑になるのではと思ったものですから」

「とんでもないことです」

垂水は驚きと困惑を露《あら》わにし、馬上から身を乗り出した。馬が驚いていななく。急いで手綱を引き、馬の首を叩《たた》いて宥《なだ》める垂水に、真人はどこからともなく湧き起こる罪悪感をもてあました。出世や金儲《かねもう》けの手づるになるかと期待して近づき、いつの間にか友人関係に落ち着いた星遊圭にさえ、抱いたことのない感覚だ。

「もしかして、飲み明かした日から姿を見せなくなったのは、酒楼の代金を払わずに私を置いて帰ったことを、気に病んでいたからですか。それでしたら、余計な心配でした。真人殿は、庶人の私費留学生であるため、滞在費には苦労していると、ご自分からおっしゃっていたではありませんか。だから、当時の飲食代ははじめから奢《おご》るつもりでいたんです。その前に、何度飲みに誘っても真人殿が遠慮して辞退するから、あの日のお代は持つと、私の方からそう言いましたよね？」

「そう、でしたっけ」

真人は覚えていないふりをした。

家を出てから仕官が叶《かな》うまで、祖国でも金椛国でも、限られた人脈を頼り、愛想と調子の良さで、他人の善意と懐を当てにして生きてきた真人だ。

皇城で知り合った他の学生とは異なり、垂水には飲食をたかろうとせずに遠慮し続けたのは、東瀛人好みの謙虚さを強調して、信用を得るためであった。

当時の垂水は郷愁の念に心疲れし、迷い犬のように同郷の真人に懐いてきた。そんな垂水を、いかに利用できるかということしか、真人は考えていなかった。

当初は、垂水に取り入って、公費で帰国船に乗り込めないかと真人は考えた。あのころは、真人もまた里心がついて、生まれた国へ帰りたいという気持になっていたのだ。

杯を交わすうちに、垂水は真人を気に入り、帰国便の訳語に推薦してくれると請け合った。思惑通りに、船賃を払わずに帰国できる流れになったのだが、酔って眠り込んだ垂水を介抱していた真人は、ゆるめた帯に結わえ付けられた学生証の牌《はい》を目にした。とたんに口の中に残っていた酒の甘みが苦さに変わった。

なんのために金椛国へ来たのか、忘れかけていた。海を越えて異国をさまよい、何年もかけた長い旅の果てに、何ひとつ成し遂げていない自分に、真人は絶望に近い思いを抱いた。

——まだ帰れない。父の国ならば、実力次第で大臣にも富豪にもなれると嘯《うそぶ》いて、祖国を飛び出した。それが、千里の彼方《かなた》まで流されて地位も財産も築けず負け犬になり、手ぶらで帰っても、所詮《しょせん》は半端者の誇大妄想。それみたことかと笑われるだけだ——

真人は震える手で、橘子生という姓名の刻まれた学生証を拾い上げ、握りしめた。

学生証があれば、稀少《きしょう》な写本を蔵した学府の図書寮や、国士太学の講堂に自由に出入りできる。国士にのみ許された講義も、国費留学生に与えられた特別待遇で聴講できる。官僚登用試験のための受験勉強を、続ける事ができるのだ。

——まだやれる。まだがんばれる。

目の前で運命の扉が開かれ、光が差し込んできたように、真人には思えた。

真人は学生証を盗《と》って逃げた。下宿先も変えて、垂水が帰国するまで、なりを潜めて待った。

使節の接待に奔走したこのひと月、時間があれば偽学生であったころの記憶を細かく掘り起こしてきた真人であったが、当時の感情まで生々しく甦《よみがえ》ってきたのは、これが初めてであった。無意識に手綱から手を放し、頰を撫《な》でて口を覆った。

「船出の日にも姿を現さなかったので、私が酒に酔って、何か真人殿の気に障ることを言ってしまったのではと、ずっと気になっていたのです」

真人は垂水の人の好《よ》さにあきれ、同時に針の先で胸をちくりと刺されたような痛みを覚えた。

それにしても、学生証について触れようとしない垂水の真意がわからない。帰国間近といえども、皇城内の施設に出入りするためには、学生証の木牌は必要であったはずだ。

帰国手続きにも、差し支えたかもしれない。

『酒に酔って不注意になり、失くしてしまったようだ』などと話題に出さないことは、いかにも不自然に真人には思える。真人から何か言い出すのを待っているとしたら、垂水の人の好さや善良さは、本心を覆い隠すための見せかけでしかないのではないか。

垂水の本意がどこにあるのかはっきりとわかるまで、真人は当時の記憶が曖昧《あいまい》であるふりを続けなくてはならない。

「垂水殿が、僕の気に障ることを言うはずがありません。腹一杯食べて、たらふく呑《の》んで、上機嫌に酔っ払ったまま、ふらふらと垂水殿を置いて帰ったのではと思います。限界まで呑んで酔っ払うと、まったく覚えのないところで目を醒《さ》ますのが悪い癖でして、若い時はそれでやたらと失敗したものです」

真人の言葉に、垂水は安心したらしくほっと息を吐いた。

「それならば良かった。帰国の期日が来ても真人殿が姿を現さないので、あの夜に私が酔いに任せ、立場と身分の差を笠《かさ》に着て、真人殿の矜持《きょうじ》を傷つけるようなことを言ったのではと、帰りの船では深く反省しました。私の落ち度であったのなら、いつか再会して謝罪したいと思っていました。だから、今回の遣使団に選ばれたときは、とても嬉《うれ》しかったのですよ」

垂水は真人の言い訳を聞き流し、淡々とした口調で話を続ける。

真人は驚いて横を向き、前を向いて話を続ける垂水の横顔を見る。垂水は片手を口にかざして声を低めた。

「我々のような中流貴族は、季節ごとの任官運動のために、小心翼々として上流貴族に媚《こ》び仕えていますからね。権威をかざす傲慢《ごうまん》な相手に見下される悔しさを、知らないわけではありませんよ」

「はあ」

真人は返す言葉に困った。一庶人にすぎない自分との、ほんの数回のかかわりを垂水がここまで引きずっていたとは、真人はまったく想像も予想もしていなかったからだ。

「あのとき、真人殿はどうして帰国しなかったのですか」

垂水は不意に切り込んできた。言葉に詰まる真人の返答を待たずに、垂水は続けた。

「帰国準備が忙しくて、出発まで下宿を訪ねる時間もなかったので、何か事情があったのだろうとは考えましたが、都を発《た》った後も、もしかしたら真人殿が追いついてくるのではと、船に乗り込む直前まで、何度も後ろをふり返ってしまいました。帰国してからも、持ち帰った膨大な書籍を訳すのに、真人殿がいてくれたらどんなに助かっただろうと、たびたび思い出したものです」

「僕のような浅学な者では、お役には立てなかっただろうと思います」

真人は冷や汗をかきながら言葉を返し、かれには珍しく訥々《とつとつ》とした口調で、率直な心情を打ち明けた。

「当時について覚えていることは、ただひたすら帰りたいという望郷の思いと、なにひとつ成し遂げられないまま逃げ帰ることへの悔しさの、葛藤《かっとう》の日々であったことです。失礼ながら正直なところ、垂水殿との邂逅《かいこう》も鮮明に思い出せません。おそらく、垂水殿のお情けにすがってでも帰りたかった自分と、泥水を啜《すす》ってでもこの国に留《とど》まり立身を遂げたかった自分との、内なる諍《いさか》いに後者が勝ったために、東瀛国に関する記憶を封印してしまったのでしょう。とはいえその後も、思うに任せぬ留学生活が続きました。官僚への道をいっときあきらめて諸国を放浪し、そのときに命を懸けてつかんだ縁で任官は叶《かな》いましたが、その後も、常に生死が背中合わせという怒濤《どとう》のような日々でした。貧困に苦しみ、物乞《ものご》いと変わらぬ学生時代の暮らしが、この上なく安穏としたのどかな毎日であったと思えるほどに」

諸国を放浪したのは、受験をあきらめたからではなく、罪を犯して都を追放されたためであるが、そのあたりは適当にぼかして伝える。垂水はおおらかな笑みを浮かべて応じた。

「回り道とはいえ、夢をあきらめず金椛国に残り、現在の地位まで立身なさったのですから、帰国しなかった決断は正しかったのですね。これまで、東瀛人が誰ひとり為《な》し得なかったことを遂げられたのです。素晴らしいことですよ。多少なりとも縁のある東瀛人として誇らしく思います」

垂水の称讃《しょうさん》には、純粋な気持が込められているようであった。

それは、現在の充足した日々のなか、真人の胸の底に埋もれていた、いつか東瀛国の人間を見返したいという願望を思い出させた。

異国の社会の底辺で、絶えず逆境に直面しながら、一生涯何者にもなれないのではという絶望感をねじ伏せるためには必要な闘志の燃料であり、かつて自分を軽んじた者たちへの反骨は、金椛人よりも祖国の人間に強く向けられていた。

それが、そうした胸を焼く恨みにも似た執着すら忘れていたいまになって、このような穏やかな形で叶えられたことに、真人の目頭が熱くなる。

「ありがとうございます」

「故郷のご家族は、真人殿の栄達をご存知なのですか」

「いえ。国境での戦が収束し、都に落ち着いてすぐ、東瀛国使節の接待を命じられたので、なんの手配もしておりません」

「では、よろしければ私が書簡をお預かりして、届けて差し上げても？」

またも、真人は返す言葉に詰まる。

真人にとって、家族と言えるのは母方の祖父母と母親だけであった。母には兄弟姉妹もいたのだが、異国商人の現地妻となった母とその息子に対して、親身であったとは言い難かった。隣人にいたってはなおさらで、真人は生まれ育った場所で余所者《よそ》扱いされ続けた。真人が見返したかったのは、東瀛貴族ではなくて、母と自分を蔑《さげす》んだ親戚《しんせき》や故郷の人々であったかもしれない。

自分の無事と出世を母に伝えることができたらと、真人は思わないでもなかったが、垂水や大使に出自を知られることはためらわれた。それに、母親はすでに再婚している可能性もある。異国人との間に生まれ、故郷を出奔した息子の存在が、新しい家族との暮らしに影を落とすことにはならないだろうか。

「僕の安否を家族に報《しら》せたいという気持はありますが、それについては、都に着いて朝賀の儀を無事に終えてから考えましょう」

真人は言質《げんち》を与えることなく話題を変えた。

四

都に帰った真人が、政庁への報告を終えて真っ先に駆け込んだのは、星遊圭の邸《やしき》であった。

まだ二十代に入って間もないというのに、先の戦役で軍功を挙げたことで、出世の約束された侍御史《じぎょし》の官職を得た星遊圭が、軽い驚きと微笑みを年上の友人に向ける。

「先触れもなく、いきなり訪問されても、準備が整っていませんよ。せめて天真《てんしん》を遣わせてくれれば、良いお酒を買いに行かせることもできたのに。とはいえ、無事に使節のお迎えを終えての帰京、お疲れ様でした」

天真とは、星遊圭の愛獣天狗《てんこう》が産んだ仔《こ》天狗の一頭だ。勅命のために天狗の出産に立ち会えなかった遊圭の代わりに、真人が天狗と生まれたての仔天狗の世話をしたことから、一頭を譲り受けた。

はるか西方を生息地とする、外来の獣である天狗は非常に賢く、幼いときから育てれば人語も解すると言われている。そして、飼い主と遠くはぐれてしまうことがあっても必ず捜し出し、見つけ出す能力も有している。

ただ、普通の獣と異なり、成熟するのに十年近くかかる。仔天狗のときは中型の犬くらいで、一家庭で飼うことに問題はない。だが、成熟した天狗の牝《めす》は仔熊並み、牡《おす》は虎にも匹敵する猛獣となる。

広大な庭と一軒の納屋を、天狗のために用意できる邸宅を有する富豪でなければ、とても扶育できる獣ではない。牡にいたっては、ある程度大きくなったら本来の生息地に戻してやるべきとも考えられている。だが、それもまだ数年先のことだ。仔天狗の黒褐色のふわふわとした毛並みと尖《とが》った鼻、その両側についたきらきらとした黒く小さな目はとても愛らしい。赤ん坊や小さな子どものいる家では、よい遊び相手にもなる。取り替えの利かない家族の一員であった。

真人によく馴《な》れた遊圭宅の天狗と天伯《てんはく》が奥から駆けてきて、真人の足下をぐるぐると回る。

「やあやあ、僕を覚えていてくれて嬉しいです。次は天真を連れてきますよ」

ところで、と真人は真面目な目つきで話題を変える。

「実はちょっと困ったことになりまして。人に聞かれない部屋で話したいのですが」

外交に関しては、遊圭は職権外であったので、相談に乗れるとは思えなかったが、とりあえず真人を奥の書斎に通した。茶菓を運んできた使用人に、呼ぶまで誰も入らないようにと命じる。

使用人の足音が書斎から遠ざかるのを、耳を澄まして聞き届けた真人は、おもむろに話をきりだした。

「実は、『橘子生』が今回の使節に、録事として来朝しておりましてですね――」

言いにくそうに指で額を掻《か》く。

「橘子生――」

遊圭は、真人が偽証していた学生の名を思い出すのに、数秒を要した。

「実在していたんですね。学生証があったということは、まあ、そうですよね。そういえば、橘子生の学生証を手に入れたいきさつを聞いた覚えはありませんが、本人が再来朝することは、橘さんにとって不都合な成り行きが予想されるのですか」

真人は過去を遡《さかのぼ》って、子生こと垂水との短い交際と、学生証を盗んだいきさつ、そして再会後の垂水の態度について話して聞かせた。

「本人は私が盗《と》ったことは気づいていないようなのですが、いつ偽証の事実が知れて、窃盗の罪を暴かれるかと、どうにも落ち着きませんで」

ひとまわりも年下の友人に、すがりつくように相談をもちかける。

「わたしなら罪悪感でいたたまれませんけども。十年も経っていれば、もう時効ではありませんか」

星遊圭は立ち上がり、書棚から刑法の法典を抜き出し、窃盗に関する項目を開いた。卓の上におかれた書物を、真人ものぞき込む。

「盗んだ物にもよります。奴婢《ぬひ》や家畜なんかですと時効がありません。個人の所有物でも、物品の価値によって異なります。学生証は公文書と同じ扱いですから時効はありませんが、有効期間のあるものは失効した時点で価値がないので、問題はないはずです。ただ、橘さんは失効後も期限を改竄《かいざん》工作して使用していたのが、罪に問われるかどうかきわどいところですね。垂水殿や当局にすべてを告白して、謝罪するのが正しいことだとしても、国事の大役中にわざわざ虎の尾を踏むこともありません。先方に盗まれた自覚がないのなら、そのままもてなしてお役目を果たせばいいのではありませんか」

真人は嘆息して、取り去れない不安の正体を打ち明ける。

「本物の橘子生、つまり橘垂水と交際のあった金椛人と、偽学生の橘子生を覚えている官吏が、垂水殿と顔を合わせたら問題がややこしくなりそうです」

「それは確かに」

遊圭はとんと膝《ひざ》を叩《たた》いた。官界入りして間もなく交友関係が狭い上に、十年前はまだ子どもであった遊圭には、そこまで考えが及ばなかった。そして、そんな経験不足の新米官僚である自分しか頼れない真人に、遊圭はつい同情してしまう。

「橘さんが子生を名乗っていた期間は短く、偽学生であることがばれないよう、国士や官人とのつき合いも、ほとんどなかったんですよね。流刑のあとはずっと本名で通していましたから、十年以上も前の偽学生だった子生と橘さんを結びつける人間は、都にはいないと思いますが」

軍官となり、都勤務になってからも、過去のことを隠しておきたい真人は、学生当時から知っている官人との行き来はないという。

「とはいえ、姓に橘を使い続けたのが運の尽きですかね」

真人はふたたび深いため息をつく。

「まだ尽きてないでしょう」

遊圭は苦笑した。

「そういえば、都を追放されたあと、父方の金椛姓を名乗ることは、考えなかったのですか。珍しい異国風の姓を使い続けるよりも、仕事も見つかりやすかったでしょうに」

「どうしてでしょうねぇ」

言われて初めて気がついたかのように、真人は遠い目をした。

「橘さんが諱《いみな》の他に字《あざな》を持たないので、わたしと明々《めいめい》は『橘さん』とか、つき合いの浅いひとたちは『橘大官、橘大人』と呼ぶわけですが、そういうところも、橘さんには金椛人になりきろうという心がないように思えます」

同姓の多い金椛国において『橘』という姓が珍しいことから、官庁でも特に不便がなく、名前で呼び合う友人もそれほど多くない。中には『真人』が字だと思い込み、金椛語読みで呼びかける知人もいる。

　真人は頭を掻いてうなずいた。

「この国の職も妻も得たことですし、芯《しん》から金梚人にならないといけませんね」

「いえ、そういう意味で言ったのではありません」

　遊圭は胸元に広げた両手を慌てて振る。

「わたしも十四のときから異国や辺境で過ごすことが多かったので、生まれ育った都への望郷の念は強かったですよ。夏沙《かしゃ》国や戴雲《たいうん》国に滞在し、また朔露の領域にも潜入して、それぞれの国や民族の言葉だけでなく社会の在り方、人々の考え方の違いに触れるたびに、自分はつくづく金梚人であることが骨身に沁《し》みました。だから、死の砂漠を越えたあと、橘さんがさらに西へ行こうと決めたときは、その気持が理解できませんでした」

　遊圭は茶を一口含んで、息をつく。言葉を返そうとする真人を制して、遊圭は話を続けた。

「ですが都に帰ると、金梚人のものでない感性も、いつのまにか自分の一部となっていて、都に持ち帰っていたことに気づかされました。日常の些細《ささい》なことに、ちいさなずれを感じます。不快ではありませんが、世界の広さを、自分が信じてきた常識の脆《もろ》さを、絶え間なく思い出すのです。それぞれ違う世界に生まれ育った両親から生まれた真人さんは、物心ついたころから、この違和感を抱えていたのではないでしょうか」

　真人は口を開きかけたが、何も言わずに閉じた。それまで自覚のなかった自分自身の心理について、年下の友人が繰り広げる考察に耳を傾ける。

「故郷に帰りたいと思う気持と、さらに遠く離れたいという気持は、もしかしたら同じものなのかもしれません。真人さんも、長い放浪の間に、ご自分の芯とか根っこは、金椛人よりも東瀛人であることを実感されることが、あったのではありませんか。いまふり返って思えば、天鋸《てんきょ》行路で道を別れようというとき、祖国からさらに遠ざかろうとした橘さんの動機は、この世界の大きさを故郷の人々に伝えたい、というものでした。覚えていますか」

真人は丸い目をさらに丸く見開いて、それから恥ずかしそうに笑う。

「そんなことを言いましたか」

覚えてないなぁとつぶやき、顔を赤らめる。

「橘さんの、単身で海を渡り、学生証を盗んででも学問を続け、都を追放されても何者かになろうとして前に前に、そして遠くへ進み続けてきた原動力というのが、東瀛人であり続けてきたことと、深くつながっているようにわたしには思えます。お父上が金椛人であったとしても、橘さんの根っこは東瀛国にあるのではないでしょうか。この根っこを、わたしたちは帰属意識と呼ぶわけですが――」

遊圭は思考の流れをうまく言葉に表すことが難しくなり、視線を落として考え込む。

床には天狗親子が遊圭と真人の足に尻尾《しっぽ》を乗せて寝そべっていた。遊圭はふっと笑いを漏らして、顔を上げた。

「話が逸《そ》れたようです。本物の橘子生が留学中に交際していた学生や官人によって、橘さんが告発されないように策を立てる必要があるのでしたね。使節の接待役に不名誉な弾劾があっては、金椛国としても不都合です。橘さんは、その橘——ややこしいですね。垂水殿に旧交を温めたい金椛の大人がいるかどうか聞き出して、再会の席を段取りしてはどうですか」

「自ら墓穴を掘って飛び込めと？」

真人は眉《まゆ》が額の真ん中に上がるほど驚いて、大きな声を出す。遊圭は声を出して笑った。

「橘さんの知らないところで連絡を取り合われたら、そちらの方が面倒です。垂水殿の旧知の所在を把握しておき、再会の席も橘さんの胸ひとつという状態にすれば、どこにあるかわからない墓穴を踏み抜く確率も下がることでしょう？」

「そうか、そうですよね」

真人は何度もうなずいた。問題を遠ざけようとすることばかり考えがちであったが、目を離してはいけない問題もあるのだ。留学希望者以外の大使一行が都に滞在するのは半月ばかりのことであるし、そのあいだ垂水の行動を監視することは難しくないだろう。

遊圭はさらに提案する。

「外国の使節が自由に官僚の家を訪問できるものか、わたしは知らないのですが、他の官人に会わせる前に、その垂水殿だけを我が家でもてなすことはできますか」

「使節の公館から出入りするのは自由なはずです。金椛語が話せる外国人が外出するのを禁じる法はありませんし、大使などの要人には警護が必要ですが、僕が同行していれば問題はないと思います。でも、どういった口実で？」

遊圭はにっこりと笑みを浮かべる。

「金椛では、姓が同じなら赤の他人でも親戚《しんせき》同然という風習があります。星姓はそれほど多くないのですが、それでも家を再興したときは、族滅させられたはずの親戚がわらわらと祝いに押しかけて大変でした。同姓のよしみで祝いに訪れた客はそれなりにもてなしますし、遠くても血縁であるとわかれば、節気ごとの交際は続けています。まして、異国で同姓の同胞と巡り会ったとなれば、もはや兄弟と呼び合っても差し支えはない」

遊圭は笑い出しそうなのを我慢しているらしく、口の端を震わせながら話す。

「そういうものですか」

真人は唖然《あぜん》として遊圭の提案を聞く。

「そして、橘さんはわたしにとっては幾度も生死をともにしたともがら。その橘さんの義兄をもてなすのは、当然の義務です」

「いや、義兄とかいきなり――」

遊圭は笑みを引っ込め、真剣な目つきで真人の反論を封じた。

「結んでしまうのですよ。義兄弟の契りを、垂水殿が朝廷に顔を出す前に。外戚《がいせき》であるわたしが立ち会い結ばれた縁であれば、もし橘子生という留学生がかつてふたりいたこかねとに疑問を持つ金椛人がいても、大事にはならないでしょう」

真人の顔に喜色が浮かんだが、すぐに眉を曇らせる。

「僕や遊圭さんの出世を羨《うらや》む者に逆手に取られて、星家まで巻き込まれたりはしませんかね」

「官界に出て間もないわたしと橘さんに、そこまでする敵はまだいないはずですが」

遊圭はくすりと笑った。

「大使の一行は朝貢の儀が終われば帰国するのですから、橘さんの過去の罪を暴きたい人間がいても、策をめぐらす時間が足りません。それより、その垂水殿が、皇帝の義理の甥《おい》と交際している橘さんの立場を尊重して、疑いを抱いたとしても口にはしないことを期待しましょう」

真人はびっくりした表情で、遊圭に礼を言った。

「外戚の権威を盾にとるなんて、遊圭さんらしくないですね。それも、僕などのために」

「皇室の威を借るやり方に、思うところはありますが、違法なことは何もしていません。むしろ学府に出入りする機会を橘さんに与えてくれた垂水殿に、わたしは感謝しているのです。あのとき、図書寮で橘さんと出会えていなければ、いまのわたしはここにいない。それに垂水殿を誠心誠意もてなすことで、橘さんも過去の罪科をいくらかは、濯《すす》ぐことになるのではありませんか」

さっそく明日にでも、と遊圭に勧められ、真人はその案に乗ることにした。ひとまわりも年下の若者に丸め込まれてしまったような気がしないでもない。だが、垂水が旧知の官僚と繋《つな》がる前に、こちらの交際範囲に取り込んでしまうのは、もっとも優れた方策であることに、真人は異論はなかった。

「僕なんかのために、遊圭さんが骨を折ってくれるんだから、ありがたいことだな」

出会ってからのいきさつにはいろいろあったのに、遊圭が真人との縁をありがたいものと考えていたと知れたのも、嬉《うれ》しいことであった。

真人はこの嬉しさを分かち合える、愛妻の待つ自宅へと急いだ。

五

垂水を招いての星邸の小宴は、和やかに催された。

皇后の甥であるにもかかわらず、外戚特権ではなく軍功によって、現在の地位を得た出世頭と真人から聞かされていた垂水は、親子ほど年の離れた遊圭の若さと見た目の華奢《きゃしゃ》な印象に驚いたようだ。

だが、邸の主に対して、そつのない挨拶《あいさつ》と招待への礼を述べる。真人による相互の紹介ののち、遊圭は年長の客を丁重に上座につかせた。

自ら垂水の杯に酒を注ぐ。

「わたしは西方の諸国へは何度も行きましたが、隣の州より東へは行ったことがありません。真人さんから聞かされていた東瀛国にも興味がありましたので、この機会に橘録事にお話を伺いたいと、真人さんに頼み込んだのです。ご迷惑ではありませんでしたか」

いかにも外国人に配慮した、明瞭《めいりょう》かつゆったりとした遊圭の口調に、垂水は感心したようだ。肩書き付の姓でなく、真人の名を東瀛国の発音で呼んだのも、同姓の客を混乱させない気遣いと同時に、交友関係の深さを暗に示すためであった。

「いえ、大使を差し置いて現職の侍御史の御邸に招かれましたことは、この身に余る栄誉です」

乾杯ののち、遊圭は真人との縁を西方の砂漠越えから始め、乗り越えてきた冒険譚《だん》を適度に省略して要領よく語った。四方見渡す限り千里の砂漠なるものを、垂水は想像もできずに首を左右に振る。しかも目の前の、筆より重たい物など持ったことのなさそうな貴公子が、飄々《ひょうひょう》とした真人と諸国を転々とし、異国の兵や盗賊と渡り合ったなど、とても信じられないようすであった。

「真人さんが、わたしたちを窮地から救うために負った背中の刀傷を、橘録事に見せて差し上げてはどうですか。わたしに医術の心得がなかったら、真人さんは戴雲国で命を落としていたかも知れませんね。そしたら、我々は生きて都へ帰ることも叶《かな》わなかったでしょう」

「お見せするようなものではありません。しかしあの旅では、シーリーンさんに菫児《きんじ》、誰ひとり欠けても、五体無事に生きて帰れなかったでしょうね」

「天狗も、活躍してくれました」

遊圭は、いつの間にか広間の扉に鼻を差し込んで、見慣れぬ客のようすを窺《うかが》っている天狗親子を指して笑った。

「橘録事は獣はお好きですか。母天狗は仔熊《こぐま》並みに大きいので、天狗を初めて見る客を驚かせてしまうのですが、賢くておとなしい動物です。仔天狗は犬ほどの大きさで、膝《ひざ》に乗ってくる仕草がとても可愛らしいです」

「犬は平気ですから、馴《な》れた獣ならたぶん――」

垂水は緊張を隠せないまま、物珍しさに負けて天狗を見たいと言った。遊圭が天狗を呼ぶと、天狗は器用に前足で扉を開けて、仔天狗の天伯を従えて広間に上がり込む。

「肉も果物も食べます。与えられた食べ物を、両方の前足で取って口に運ぶさまはいつまでも見ていたくなります」

遊圭は目の前に盛られた葡萄《ぶどう》を天狗に差し出した。遊圭の言ったとおり、天狗は大粒の葡萄を両前足で押し頂くようにして受け取り、しつけられた人間の子どものように、少しずつ齧《かじ》りながら食べる。

天伯も真人の膝に乗り、渡された物をこちらは食い散らかし気味に頬張っては、違う物をねだるかのように膳《ぜん》に首を伸ばす。だが、手渡されない限り、膳の物に前足を伸ばしたり、口をつけたりしない行儀の良さに、垂水はますます感心した。

遊圭と真人の過去話が終わると、東瀛国について垂水に質問を浴びせる。

それから、垂水の留学時代へと話をつなげた遊圭は、当時の学生や官吏と旧交を温めたければ、消息を尋ねましょうと申し出た。

「いえ、そのようなお手間まで取らせては、心苦しいです。侍御史とは、とても忙しいと聞いていますが」

「確かにわたしの職場は多忙を極める部署ではありますが、忙しさでいえば半月の都滞在で使節の任務を果たさねばならない橘録事のそれとは、比べものになりません」

遊圭は鷹揚《おうよう》に微笑み返す。

「人捜しに定評のある伝手《つて》に依頼すれば、時間もかかりません。十数年も経っていますから、中央で官職についていればともかく、おのおの任官して地方へ下ったり、故郷へ帰ったりしていて、消息も尋ねがたいことでしょう。姓名と当時の年齢、所属がわかればすぐに手配します」

遊圭は控えていた給仕に、筆記具と紙を持って来させた。

「あ、僕が書き留めます」

真人が進み出て筆と紙を受け取る。

「それでは、お言葉に甘えて」

垂水は幾人かの名前を挙げた。四、五人めあたりで垂水の口から出た『成宗謙《せいそうけん》』という姓名に、遊圭は口に含みかけた酒を噴き出す。

「どうか、なさいましたか」

口に含んだのはほんの少量であったので、遊圭は派手な失態を演じずにすんだ。内袖《うちそで》を引き出して口元を拭《ぬぐ》う。

「いえ、懐かしい名を耳にしたもので。成秀才《しゅうさい》とお知り合いだったとは」

「宗謙殿は、国士になったばかりとかで、上京したての少壮の若者でした。寮が同じ棟だったよしみで、都の探検によく誘ってもらったものです」

成宗謙は豊かな財力を背景とする地方の郷紳だ。遊圭の思い人であった明々を間に、ひと悶着《もんちゃく》あった相手だが、玄月《げんげつ》の企《たくら》みで遊圭の童試受験時の保証人となった。官人としては一生続く縁であるはずだが、遊圭が在学一年に満たず流刑になって以来、交流がない。遊圭が避けているというよりは、辺境の暮らしが波瀾《はらん》万丈過ぎて、思い出しもしなかったのだ。国士として先輩後輩であるのだから、帰京し官界に復帰した現在、遊圭から訪ねて行くのが礼儀ではある。

それにしても、宗謙が留学生の面倒を見ていたとは意外であった。宗謙とは入学前の確執があり、俗物的な人柄は好きになれないところはあったが、良人《りょうじん》階級出身の国士や、地方から出てきた後輩の面倒見が良かったのは事実であった。

地方出身の童試合格者は、上京したてのころは羽目を外す傾向があるという。そういったこともあり、右も左もわからない後進国の留学生を連れ歩いて、文明人を気取りたいところもあったのかもしれない。

遊圭はコホンと咳払《せきばら》いする。

「成秀才には、わたしも世話になりました」

「しかし、星大官はずいぶんお若い。国士太学に在籍されていたのは、それほど昔ではありませんよね。私が留学していたのは、十年以上も昔のことです。それに、『秀才』とお呼びになるということは、宗謙殿はいまだに学生なのでしょうか」

遊圭が十六歳で国士太学に合格したとき、成宗謙はすでに国士となって七年が過ぎていた。それからさらに七年近く経つ。まだ官僚になれず国士太学で学生をやっているとしたら、宗謙としては体裁が良くないであろう。

「わたしが国士太学に籍を置いていたのは、十六から十七のときです。事情があって西方へ行き、長く辺境に留《とど》まっていた間に成秀才とは交流が絶えてしまいました。帰京してから気になってはいたのですが、中央の官界では見かけないので、なんとなくそのままにしていました」

垂水は遊圭が十六で難関の童試に受かったと知り、大いに感心した。さらに難しいという官僚登用試験に受からずに、あきらめて郷里へ帰る国士の多さも、改めて実感したようだ。

それぞれの人物について、垂水が覚えていることを語り終えたころには、みなほどよく酔いが回っていた。人名録には、偽者の橘子生を知る者はいなかったようで、真人の安堵《あんど》した表情に遊圭は笑みをこらえる。

好機を見計らった遊圭が、『同姓ならば他人も親戚《しんせき》』という金椛の習俗を持ち出した。異郷で出会った真人と垂水の縁を思えば、どこかで繋《つな》がっているであろう先祖の引き合わせに違いない。ここで義兄弟の杯を交わしては、と勧める。垂水は酒精で赤くなった顔をほころばせ、それは良案と何の疑問も持たずに受け入れた。

遊圭が仲立ちとなってふたりの橘の杯を満たし、さらに杯を重ねている内に、日暮れも近くなった。大陸の東西について豊富な知識のある三人だ。家令の趙爺《ちょうや》が、坊門の閉まる前に轎《かご》を用意しましたと告げにくるまで、話が尽きることはなかった。

宴《うたげ》の終わりに真人が書き留めた人名録を受け取った遊圭は、かならず数日中に使いを送ることを確約し、小宴を終えて垂水を見送った。人物録を二度読み返した遊圭は、成宗謙の名に目を落とし、人の縁とは意外なところでつながっているものだと、感心してしまう。

六

遊圭の予言通り、大使の秘書かつ使節の記録係であり、ときに通訳も求められる橘垂水は、謁見の儀の準備と朝貢品のやりとりに忙殺され、過去の友人を捜し出す時間などひねり出せなかった。

垂水の旧知捜しは遊圭に任せ、真人は積極的に使節の書類仕事を手伝う。諸部署への連絡や確認作業を引き受けた上に、謁見時の段取りや作法なども細かく指導した。錦野大使をはじめ、異国はこれが初めてで、祖国とはまったく様相の異なる宮廷については、右も左もわからない団員がほとんどであったので、一行の感謝はいっそう深まった。他の金椛人官吏のように、何かを頼むたびにいちいち袖の下や謝礼を求めてこないところも、好感を持たれたようだ。

儀式が滞りなくすみ、数年の留学を志す学生や学僧の落ち着き先も決まり、いよいよ帰国の日が近づく。

真人の部署に遊圭が顔を出したのは、先の小宴から三日後のことだった。

「使節の滞京中に、垂水殿と面会を果たせそうなのは、官人と庶人を合わせて三人のみです」

「仕事が早いですね」

感心もあらわに、真人は覚え書きを受け取った。

「成宗謙は郷里に帰っているため、いまから呼び寄せて、ぎりぎり間に合うかどうか、といったところです」

報告によると、成宗謙は対朔露戦役の中ごろに、国士太学を休学して郷里へ帰っていた。戦後に復学した記録もない。難関の童試を突破して籍を得た国士太学ではあるが、病気や親の服喪、あるいは経済的な理由で一、二年休学するのはよくあることだ。

だが、長すぎる休養のあと、復学を断念する国士もまた、珍しくはないのだ。

まして宗謙の場合、戦争のために官僚登用試験が中止になり、年齢も三十をとうに超えていた。受験をあきらめて帰郷したとしても、不思議ではない。

何度も登用試験に失敗し、自分の実力は国士止まりと見切った学生が、郷里に帰って我が子の教育に励むのも、金椛国ではありがちであった。

歯切れの良くない遊圭の口調に、物憂げな表情を読み取った真人が訊《たず》ねる。

「あまり、呼び寄せたくなさそうですね。遊圭さんとは因縁のある御仁ですか」

「成宗謙とは、初めて会ったときの互いの印象が最悪でしたからね。人柄も、どうしても好きになれなかった。あんなに人の好《よ》い橘録事が宗謙と気が合ったなんて、正直なところ信じられない。でも、童試のときに世話になったのは事実です。上級生に目を付けられて困っていた尤仁《ゆうじん》を助けてもらったり、有益な助言もたくさんしてもらったりしました。わたしが流刑に処せられたときは、成家に累が及ばないよう連絡を断つのは当然でしたが、復官と結婚の報告もしていないのは、後輩としては非礼が過ぎるでしょうね」

それはそうですと、真人も苦笑した。自分たちのかかわりも、常には友好的ではなかったことに、真人は思いを馳《は》せたのかもしれない。

「さっそく、垂水殿に報告して、招待状を用意してもらってきます」

「成宗謙が上京するなら、わたしにもひと言ください。橘録事の件とは別に、尤仁や当時の同窓の学生も招いて、どこかの酒楼で一席を設けます」

「家に招かずに？」

「宗謙を家に上げるとなると、明々がいい顔をしないでしょう。初対面のときの我々の悶着については、またの機会にお話しします。まあ、交際が復活したら、当家を遊びで上京するための常宿にされそうな予感はしますけども」

将来の予感ですでにうんざりした空気を漂わせる遊圭に、真人は苦笑も遠慮して眉《まゆ》の両端を下げた。


謁見が終わり、金椛皇帝から東瀛国へ贈られる回賜《かいし》の品の目録を作り終わったころ、真人は垂水の希望する旧知との面会を整えた。すべては順調に終わり、金椛側のもてなしに満足した使節が都を離れる日には、遊圭も都の東大門まで見送りに出た。

垂水の旧知は、成宗謙も含めてこの日まで都に留まった。また、数年の留学期間を終え、今回の遣使船で帰国する東瀛人の学生や学僧も少なからずいたことから、かれらの交友相手も集まり、見送りの人々は東大門の大通りにあふれた。

行列の中程で騎乗する真人が大門へとふり返ると、人混みのなか、すでに壮年を過ぎて貫禄《かんろく》も蓄えた成宗謙の隣で、いっそう貧相に見える遊圭が、和やかながら強張《こわば》った笑顔で応対するさまが見えた。

往きよりものんびりとした十日の復路ののち、真人は使節団を海蘭市へと送り届けた。

しかし季節は航海に向かず、風が東へ吹く日までそこで過ごすことになる。

風を待つだけの、特にすることのない平和な日々であったが、真人の心は落ち着かなかった。大使から船手まで、手持ち無沙汰《ぶさた》な毎日に不自由してはいないかと、目を配る。それはかれの性格とはほど遠い、細やかな心遣いであった。

一般的に、異国の使節団を接待するよう命じられた官吏は、使節が都を発《た》った時点で俸給分の任務は終了とばかりに、使節に背中を向けてしまう。都からここまで送り届けた真人に感謝こそすれ、海蘭市に着くなり引き返しても、錦野大使は文句などなかっただろう。

だが、真人はかれらが船に乗るまで港に留《とど》まった。

使節団が船出をしてしまえば、今後の金椛国における真人の出世や利益とは、なんのかかわりもない。

真人には、父の国にも母の国にも、頼りとなる身寄りや縁故はなかった。世知辛い祖国と、常に生死が隣り合わせの異国を真人が渡り歩いてこれたのは、うかつに他人を信じることをせず、他者の善意よりは損得の勘定を基準に行動してきたからだ。つまり、他者とのかかわりは、相手をどれだけ利用できるかという打算がすべてであった。

類は友を呼ぶのか、あるいはこの世界の大多数がそうした人間ばかりなのか、真人が出会ってきた人々もそうした人間ばかりであったので、それがふつうなのだと真人は疑ったことはなかった。

だが、この世には人を疑うことをしない人間もいる。騙《だま》されても欺かれても、他者の善意の裏を想像すらしないのだ。かれらは、決して馬鹿なわけでも、知恵が足りないわけでもない。むしろ並みの人間よりもはるかに頭が良く、教養に満ちている。

星遊圭がそうであるし、橘垂水もそうした人間のようであった。

――遊圭さんなんて、金椛の官界で生きていけるのかなと不安になるほど、真っ正直で、優しすぎる。『橘さんのお陰で簡単には人を信じなくなりました』なんて嘯《うそぶ》いているけど、なんだかんだと人が好い――

嘘をついてごまかしたり、誰かを利用し欺いて得をしようという発想が、かれらの魂の根幹に存在しないのだ。自分に寄せられる信頼を素直に喜び、受けた恩は決して忘れない。だから、誰かが自分を騙そうとする可能性にも、考えがいたらない。

遊圭も垂水も官界で揉《も》まれて、渡る世間がそんな清くも平らかな場所でもないことは熟知しているはずである。遊圭は必要であれば割り切って策も弄《ろう》するのだが、自ら望んで行うことはない。除かれて当然な敵を排除することすら、ひどい疲れと罪悪感を抱え込んでしまうようだ。性根が真っ直ぐすぎて、人を疑ってかかるだけでも、大変な労力を要するのだろう。

こうした資質をなんと呼ぶのか、真人は自分とは縁のない言葉を探した。

――『誠実』とか『清廉』になるのか――

出航を明朝に控えた凪《なぎ》の浜を、真人は垂水とふたりでそぞろ歩く。風の止まった波打ち際から、真人はぼんやりと水平線を眺める。あの波の向こうに故郷がある。

「このたびの遣使は、真人殿のお陰でとても円滑に運びました。心からお礼を申し上げます」

垂水が何度目かの礼を述べた。海の上に飛ばしていた意識を引き戻され、真人は垂水へとふり返る。

「いえ、職務ですから。当然のことをしたまでです」

真人も、この数日繰り返したのと同じ言葉を返す。

「いえ。真人殿のもてなしは、職務以上のお心遣いでした。同郷のよしみを差し引いても、真人殿の誠実で親切なお人柄に出会えたことは、希有《けう》の幸運でありました。旧知の友に再会し、近況を語り合えたのも、真人殿のご尽力があればこそ。もしも次の遣使を仰せつかり、この地を踏むことがあれば、そのときは真人殿とふたたびお会いして、旧交をあたためたいものです」

誠実だとか親切だとか、真人には千里は遠くにある美徳であり、そんな称讃《しょうさん》を示されることは、ひどく恥ずかしいことのように思える。

なぜここまで接待に心を尽くすのかと問われれば――親切な性分でもなければ、祖国からの客人だからというわけでもない――強いて言えば、罪悪感のためであろう。

「次の遣使は、垂水殿が剣を帯びた持節大使としておいでになることでしょう」

真人は自分の言葉が上滑りしている自覚を持ちつつも、そう答える。

「はは。大使にふさわしい官位へ上がるのに、何年かかりますかな」

「次の遣使が十年後なら、垂水殿は大使を飛び越して、大臣になっておいでかもしれません」

追従に聞こえないように気をつけながら、真人は半ば本気で言った。

「大臣は無理でしょうね。我が橘氏からは、もう三代も外戚《がいせき》を出していない」

垂水は自嘲《じちょう》的な響きを含ませて答える。真人は思い出した。有力貴族のなかでも、当《とう》今《ぎん》の外戚に連なる子息だけが、大臣の位まで登れるのが東瀛国であったことを。血縁が実力に勝《まさ》るのが、東瀛国の政治であった。

「外戚と言えば、私の友人たちを尋ねてくれた星大官は、いずれこの国の重臣におなりになるのでしょうね。官界の激務をこなすには、あまり丈夫そうでないのが気がかりですが」

真人は青白い遊圭の顔を思い浮かべ、思わず笑みがこぼれた。

「遊圭さんは昔から虚弱だったそうですが、見た目によらずかなりしぶとくておられます。かれが何度も死線を乗り越えてきたのを、この目で見てきた僕が言うのですから、間違いありません。しかも本人に医術と鍼術《しんじゅつ》の心得があり、母代も妻君も腕のいい薬師です。かれは生き延びるでしょう」

凪《な》ぎが終わり、風が陸から海へと吹き始める。

ゆっくりと波打ち際を歩きながら、垂水と静かに言葉を交わすのも、いまはこれが最後かと真人は考えた。息を深く吸い込み、ずっと胸に置かれていた重石《おもし》に触れる。

「罪悪感ですよ」

脈絡のない真人のつぶやきに、垂水は立ち止まる。眉毛《まゆげ》をわずかに上げて年下の友人を見つめた。真人は喉《のど》につかえる石をひとつひとつ吐き出すように、言葉を吐いた。

「僕がこの職務に励み、特に、垂水殿のお役に立とうと務めた、理由です」

垂水は鷹揚《おうよう》に微笑む。

「かつて、帰国の約束をすっぽかしたことですか？」

真人は顔を赤くして首を横に振った。

「それも、あるかもしれませんが。僕は、垂水殿に返しきれない借りがあるのです」

「最後の飲み代については、気になさらずともいいと、申し上げましたよ」

「それはそれで、半分は返すべき借りですけども――それどころではなく、僕は垂水殿に謝罪して赦《ゆる》しを請い、償うべき罪があるのです」

真人は、自分の犯した罪に気づかないまま、垂水が帰国してくれれば、それが最良だとずっと思っていた。そのために、遊圭の助けを借りて、垂水の行動を監視までしていたのだ。

ところが、垂水の混じりけのない感謝と一寸の疑いもない態度に、真人の罪悪感はどんどんふくらんでいくばかりだ。

他人を利用し、ときに踏みつけて生きてきたことへの謝罪が、一生に一度くらいは必要ではないかという気がしてくる。せめて義兄弟の杯を交わした、故郷を同じくする同胞で同姓の垂水に対しては。

「つまり、現在の僕の地位は、垂水殿に盗みを働いたことで、得たものだからです。正確には、垂水殿から盗み出した物が、繋《つな》いだ縁の御蔭《おかげ》ですが――」

核心を言い出せずにいる真人を、垂水が遮った。

「私の帯から、学生証を抜き取って持ち去ったことですか？」

真人はびっくりして、丸い目をさらに丸く見開いて垂水を見つめ返す。

「知っていたんですか！」

垂水は肩を震わせて笑い出す。

「再会したときに、私を覚えてないふりをされていたでしょう？　それで確定したわけですが、私と真人殿との間のことですから、ご自分から言い出すまで待つことにしたのです」

真人は身の置き所のない気持になり、下を見て靴の爪先《つまさき》で砂を掘る。垂水は淡々と続けた。

「では、私も嘘をついたことをあなたに謝ります。昔、ともに帰国しようと呑《の》み明かした私費留学生が、目を醒《さ》ましたときには姿を消していた。そのとき、かれとはもう会えないだろうなとわかっていました。港に追いついてくることもないと思っていましたから、何度もふり返って待ち続けたというのも嘘です。真人殿、あなたは学生証を持って逃げましたが、私の財布には手を触れなかった。それなりに価値のある小物入れや帯の装飾品もあったのに、指一本触れませんでしたね」

　そうだったかなと、真人はかの夜のことを思い出そうとした。確かに学生証しか真人の目には入っていなかった。

「他に何もなくなっていなかったので、学生証については、飲み過ぎて帯をゆるめたときに紛失したのだろうと最初は考えました。でも、学生証よりも外側にあった薬籠《やくろう》はそのままだったんですよ。それで、ああそうか、と思ったんです」

　垂水は少しのあいだ口を閉ざし、波の音に耳を澄ます。話が終わっていない雰囲気に、真人は黙って続きを待った。

「あのとき、真人殿は帰国するよりも、この地で学問を続けたかった。私に理解できたのはそれだけです。金椛の都には、周辺の国々から、そしてあらゆる階級から、学問で身を立てようと、学生たちが集まってくる。とはいえ、国士太学の構内や宮城内の図書寮に出入りするための学生証を、国使留学生でもなく、有力な後見者のいない異国人の学生が手に入れることは、ほぼ不可能です。真人殿がこの地での立身を目指して挫折《ざせつ》した同胞だというのは、出会ったときにすぐにわかりました。力になりたくとも、私には真人殿の留学を支援する力はありませんでした。だが、帰国の手伝いならできる。正直、金椛国から持ち帰った書籍の翻訳作業を手伝ってもらいたいというのが、本音でもありましたが」

　垂水はばつが悪そうに笑った。

「帰国してから、ときどき想像していたんですよ。金椛の都で、もうひとりの橘子生が、いまも学問に励んでいるのだろうかと。それともすでに、試験に合格して仕官できたのだろうか。私は早々に帰国の願いを出してしまったけれども、かれはきっとやり遂げるのだろうなと」

そこまで語ると、垂水は立ち止まって真人に向き直った。

「真人殿、あなたが正直に打ち明けてくれたことを、感謝します。軍功によって仕官できたそうなので、学生証など必要なかったのかと、切り出せずにいたのですが」

真人は首を横に振った。

「いいえ、国士太学にも受からず、官僚登用試験を受けることもできませんでしたが、学生証がなければ出会えなかった人々の引き立てで、軍官になれたのです。いまの地位を得られたのは、垂水殿の御蔭です。これが、僕があなたに返しきれない借りなのです」

胸をずっと塞《ふさ》いでいた重石を、真人はようやく吐き出すことができた。自分らしくないしおらしさに、恥ずかしさで砂に潜りたくなる。

「その借りは、私に返す必要はありません。星大官のところで、義兄弟の契りを交わした以上、兄の私が自分にできる支援を弟に授けただけのこと。ただ、もしも真人殿が赤の他人であった過去の私に借りを返したいとお考えなら、この国に留《とど》まる同胞に心を配ってやってください。今回の遣使船でも、少なからぬ数の学生や職工がこの国に渡ってきました。かれらは過去の私と真人殿です。志《こころざし》半《なか》ばに途方に暮れ、先達の助けが必要なときも、きっとあるでしょう」

　真人は、垂水の達観ぶりに、ただただ感服するばかりだ。その寛大さに、自分の卑小さを思い知らされる。だがどういうわけか、いつもなら抱く恵まれた人間に対する妬《ねた》みや、育ちの良さゆえの清廉さを具《そな》えた人間に対して覚える苛立《いらだ》ちは湧き起こらず、卑屈な気持にはならなかった。

「海を渡る前に、つまり、東瀛国で垂水殿に出会えていたら、また違う人生だったかもしれません」

　異国を放浪せずとも、生まれた国でつつましく生きる道があったのではと思うと、胸が苦しくなる。

「真人殿は、この国で私と出会う縁だったんですよ。さらに星大官と出会い、運命の女性と巡り会うという」

　垂水の言葉の正しさに、真人は思わず背筋が伸びた。

「その通りです。恥ずかしいことを言ってしまいました」

　真人はおそらく生まれて初めて、胸底から湧き起こる純粋な善意を感じていた。損益も打算もなく、自分が受けてきた善意や施しを、それを必要とする人間に届けたいという衝動。

　手の届く範囲にいる留学生に、目を配ることを垂水に約束する。

　庶人の生まれを恨み、貴族社会を妬み、流れ着いた父の国ではどこへ行っても異国人としてあしらわれ、運命の相手と思えた女性とは引き裂かれて都を追われ、浮かぶ瀬もなく放浪してきた年月のために、真人の根底には、どうしても抜けきれない卑屈さが棘《とげ》のように深く刺さっていた。

絶えずチクチクと胸を苛《さいな》んできたその痛みを、いまはまったく感じない。

ずっと丸めていた肩を、ぐいとうしろに引かれたかのように、背筋が伸びる。

「金椛の朝廷における真人殿の栄達を、心より祈っていますよ。我が一族から金椛国の官僚を出したと、国に帰ってから自慢ができます」

垂水の言葉に、真人の胸と頬に熱が込み上げる。その熱の正体がわからず、真人はあわあわと口を開き、言葉にもならない思いを呑み込んで、頬やまぶたを両手でこすった。


橘真人は金椛国で生涯を終え、妻と同じ墓に骨を埋めるつもりである。だが、友人の星遊圭が言うところの『帰属意識』は、やはり東の海の向こうに有り続けるのだろう。

ふらふらと定まるところのなかった真人の帰属意識、つまり心の故郷に、垂水は戻る場所を与えてくれた。

海を渡った橘姓の東瀛人として、金椛国の歴史にその名を刻むことに、もはやなんの後ろめたさもない。

真人はまぶたも熱くなってきて、大海原へと視線を向けた。

垂水ならば、東瀛国の片隅にいるであろう真人の母を捜し当てて、息子の消息を伝えてくれるだろう。実際以上に誇張して、成功している息子の姿を話して聞かせることだろう。

「どうか良い航海を。そして、次の遣使でも、ふたたび会えることを祈っています」

真人は無限に打ち寄せる波の彼方《かなた》をじっとにらみつけ、言葉を詰まらせないようにするのが、精一杯であった。

第三話　皇帝の憂鬱

叔父《おじ》と甥《おい》

初夏の昼下がり、金椛《ジンファ》帝都の中心に位置し、濠《ほり》と城壁に囲まれた宮城内の政庁街に、終業を告げる正午の鐘が響き渡る。

その庁舎のひとつで殿中侍御史《でんちゅうじぎょし》を務める星遊圭《せいゆうけい》は、書類と文具を片付け、帰り支度を始めた。

そこへ皇帝陽元《ようげん》からの使者が来て、内廷に近い北斗《ほくと》院に呼び出される。

北斗院は小さな池と庭園に囲まれた瀟洒《しょうしゃ》な書院だ。陽元が公務の合間に休憩を取ったり、非公式に臣下を引見したりする場としても使用される。

遊圭が北斗院に着くと、陽元はすでに菖蒲《しょうぶ》の花に縁取られた池端の露台に立ち、池の魚に餌を投げ与えていた。遊圭が膝《ひざ》をつき、叩頭《こうとう》礼を終えるのを待って、陽元は屋内へついてくるように命じる。

陽元のどこか上の空といった仕草と横顔に、遊圭は戸惑いを覚える。

形式張ったことを好まない陽元は、公務の時間外に遊圭と顔を合わせると、いつもならば、拝礼の手順もそこそこに義理の甥を立ち上がらせ、近くに呼び寄せて本題に入る。それが、この日は近侍《しじ》の差し出した椅子に腰を下ろしたのちも、遊圭に話しかけずに、考えに耽《ふけ》る目つきで笏《しゃく》を弄《もてあそ》んでいる。

義理の叔父・甥といっても、皇帝と臣下である。呼び出された用件について、遊圭から問いかけるわけにはいかない。官僚としても中堅より少し下の官位である遊圭としては、陽元から声をかけるのをひたすら待つのみである。

爽《さわ》やかな風が新緑の梢《こずえ》を吹き抜け、埃《ほこり》にのどをくすぐられた遊圭は咳《せき》をこらえようとしたが、うまくいかなかった。小さなコホンという物音に我に返った陽元は、遊圭と視線を合わせた。

少し離れて控えていた近侍に、椅子を持ってくるように手振りで示す。

背もたれのない円い榻《とう》が側に置かれ、笏を上下に揺らす陽元の身振りに従い、遊圭は腰を下ろした。

遊圭の官位では皇帝の前で着座は許されない。だが、微妙に陽元の私的な場である北斗院に招かれたということで、義理の叔父が膝を詰めて話したいことがあると、遊圭は察していた。

陽元には珍しく鬱々《うつうつ》とした空気に、遊圭は皇后かつ叔母《おば》である玲玉《れいぎょく》と何かあったのか、あるいは皇太子の位にある従弟《いとこ》の翔《しょう》について、何か悩みでもあるのだろうかと推察した。

遊圭が着座しても、言葉を選びかねたかのように、陽元はなかなか話を切り出さない。

遊圭は辛抱強く待った。

陽元は顎《あご》の前で揺らしていた笏を下ろし、意を決して身を乗り出した。

「実はな、困っていることがある」

前置きもなくいきなり切り出す。

陽元は性急な性格である。だが、儀礼や作法に凝り固まった宮廷に生まれ育ったこともあり、即位するころにはそれなりにそつなく煩雑な朝議や、まわりくどい儀式をこなせるようになっていた。とはいえ、生来の性格と日常の政務からくる反動のためか、公務を外れた場では、それこそ拝礼や挨拶《あいさつ》もすっ飛ばして、その唐突さに相手が戸惑ってもかまわず本題から入る。

遊圭は小さく「はい」と応《こた》えて、深刻な面持ちを向けてくる、義理の叔父の話を聞く姿勢を取った。

「朔露《さくろ》戦役後の論功行賞の件についてだが」

国境の楼門関《ろうもんかん》から朔露可汗《かがん》国の軍が撤退してから、およそ二年半が経過していた。功績のあった将兵の審査が、いまだに終わっていないのだろうかと遊圭は考えた。とはいうものの、国の半分の軍隊と藩屏《はんぺい》が動いたのだ。末端の対象者まで数えれば、万を超えるであろう審査に時間がかかるのは、仕方のないことかもしれない。

だが、六品以下の軍人兵士らの論功行賞まで、陽元の手を煩わせる必要があるのだろうか。疑問に思いつつも、遊圭は次の言葉を待った。

陽元は肘掛《ひじか》けによりかかるように身を乗り出して、あたりを憚《はばか》るように低い声になる。

「紹《しょう》のことだ」

陽元が口にしたのは、自身の幼馴染《おさななじ》みでかつ最側近の宦官《かんがん》であり、遊圭にとっては妻の明々《めいめい》を通して義理の兄となった陶玄月《とうげんげつ》の諱《いみな》であった。遊圭は思わず肩ごと後ろに引きそうになりかけて、かろうじてとどまる。

「玄月さんの昇進ですか。わたしが口を出せる問題ではないのではありませんか」

心持ち前屈《まえかが》みの姿勢で、遊圭は控えめに応じる。

外廷の人事でさえ職権にない遊圭が、内廷における宦官の昇進や恩賞に意見を出せるはずもない。だが、それ以上に、遊圭はいまだに玄月に対する苦手意識を克服しておらず、できることなら公私の両方において、玄月とのかかわりを避けたかった。

「実際のところ、誰にも口を挟める問題ではない」

陽元はゆらゆらと小さく笏を揺らして、息を継いだ。

「紹に対する論功行賞について、そなたの意見を聞きたいというのではない。問題は、紹が報賞と昇進を、頑固に辞退していることだ。身に過ぎた恩寵《おんちょう》であるといって、受けようとしない」

陽元は困り果てて目を閉じ、嘆息した。遊圭はもやもやと湧き上がる不安を抱きつつも「そうなのですか」と曖昧《あいまい》に相槌《あいづち》を打つ。

「先の朔露戦における紹の功績は大きい。私としては、それなりに報いたいのだが」

「どのような職官をお授けになったのですか」

「内常侍《ないじょうじ》と、秉筆太監《へいひつたいかん》だ」

「秉筆――つまり、筆頭秘書的な役職ですね」

自分から訊《たず》ねておきながら、内府における宦官の職官名を耳にしても、遊圭にはそれがどれほど高位なものか、ぴんとこない。

玄月は陽元の少年時代からの側近だ。陽元の即位後は内侍省の公職に就き、いくつかの部署を転任しつつ官位を上げてきた。その間も陽元の寝宮への出入りを許されていたので、俸給や官位を除いた事実上の待遇は常侍と変わらない。内常侍になれば、ときに皇帝の代弁者たる公式の権威が付与されることになる。そして実務の伴うもうひとつの職官には『太監』が付くのだから、外廷でいえば、各省の長官級なのではないかと推察する。

有能で寵《ちょう》の深い臣下が複数の重職を兼任することは珍しくないが、皇帝の公私両面で秘書を兼ねるのは、相当な激務になりそうだ。どれだけ忙しくても、退庁の時間がくれば家に帰ってくつろぐことのできる遊圭ら官吏と違って、自宅の後宮が朝廷と繋《つな》がっている皇帝には、午前中に片づかなかった書類が居室まで追いかけてくる。いくら玄月でも無理ではないだろうか。

しかも、捕虜として異国に抑留されたあと帰国が叶《かな》い、長年想い続けていた女性を妻に迎えたばかりだ。いかに高位高官の座をもらえるとしても、自宅に帰る暇もないであろう職務に就きたくない気持は、遊圭にもわかる。

「確かに、玄月さんには適役だと思いますが、官品としてはどのあたりになるのでしょう」

「正五品下となる」

朔露戦では敵の小可汗を捕獲する作戦に、命からがらではあるが成功し、金椛軍を勝利に導いた一因を担った遊圭でも、従七品上の殿中侍御史だ。それ以前は無官だったのだから、これも破格の出世ではあるものの、もともとは蔭位《おんい》の従七品下であった。友人の犯した罪をかばったために、官位を剝奪《はくだつ》された遊圭は、命がけの戦功で復官を果たし、さらにひとつ階段を登った形だ。

「多数の上席の宦官を飛び越してしまうことになるので、遠慮されているのではないでしょうか。朔露軍の奥深く入り込み、可汗国王室の内部分裂を誘発した玄月さんの功績は、確かに計り知れません。前線にいた我々から見れば、ふさわしい昇進です。ですが、都のそれも後宮から一歩も出ていない者の目には、お父上の七光りと、陛下の恩寵を独り占めしていると映るのではと、慎重になっているのだと思います。王慈仙《おうじせん》の例もありますし」

王慈仙もまた、陽元と玄月が少年であったころからの側近であった。舎弟格であった玄月の出世を妬《ねた》んで陽元に讒言《ざんげん》し、かえって身を滅ぼした。それまでは生まれが良く学のある玄月に対する嫉視《しっし》を隠し通し、上には従順で同期には人当たりが良く、後輩の面倒見も良かったことから、内向的で怜悧《れいり》な印象を与える玄月よりも人望があった。

陽元は慈仙の讒言を鵜呑《うの》みにし、辺境にいた玄月を呼び戻しておきながら、疲労困憊《こんぱい》の有り様で期日までに帰京した玄月に会おうとしなかった。遊圭にいたっては、つき合いの長い玄月よりも、温厚で親身に接してくる慈仙の方を信用し、あっさりと騙《だま》されてしまった。

一方の玄月は、慈仙が邪魔な上司や気に入らない同輩、役立たずな後輩らを除くときに取る陰湿な手段や、自らの手を汚さない狡猾《こうかつ》さを知っていた。狡猾さでいえば、玄月以上に狡猾な人間を遊圭は思いつかない。だが他者を操ることに長《た》けた慈仙は、その玄月の警戒心をゆるめて陥れ、獄死寸前まで追い詰めた。上には上がいるものだと妙な感心をしてしまったものだ。

慈仙の名を耳にした陽元は顔をしかめた。

「慈仙を断罪したときには、やつを擁護する者が多く手を焼いた。私自身、はじめはどちらを信じていいのかわからなかったくらいであるからな。紹がもう少し親しみやすい人柄であれば、慈仙をあそこまでのさばらせておかずにすんだものを」

遊圭は相槌の方向性に困った。

玄月は有能な実務家で、信義忠を尊ぶ人材ではあるが、それゆえに堅物で疑《うたぐ》り深く、近づき難い性格であることもまた事実だ。温和で親しみやすい玄月など、天地がひっくり返っても遊圭には想像できない。

もっとも、玄月はその秀麗な容貌《ようぼう》の使いどころを心得ていて、相手によっては『温和で親しみやすい』仮面を使い分けていた。遊圭を勉強好きな田舎育ちの女童と信じていたときの玄月は、それはそれは引き込まれるような優しい笑みを絶やさず、あれこれと親切にしてくれた。玄月に熱を上げていた女官や、心酔している宦官も大勢いたのだ。

いつであったか、外面の良さは慈仙に仕込まれた、などと玄月が言っていたような記憶がある。

多くの宦官が、食べるにも困る貧窮民出身であるのとは対照的に、玄月はかつては朝廷で幅を利かせていた名門官家の御曹司で、かつ二十歳過ぎの青年でも難しいとされる童試《どうし》に十二歳で合格した神童でもある。本人の出自と自尊心の高さを差し引いても、そのほとんどが学も教養もない宦官と調子を合わせるのは、とても難しかったのではないだろうか。

そもそも若すぎて入学したこともあり、国士《こくし》太学《たいがく》内でも浮いていたというのだから、頭の良すぎる玄月はどこに行っても人付き合いが苦痛なのではないか。流刑先で地方の役所に勤め、頭が固く話の通じない胥吏《しょり》に囲まれて、非効率な仕事に明け暮れた経験を持つ遊圭には察することができる。

「本音を漏らしたり、自らを弁明したりすることを潔しとしないために、冷淡な印象を与える玄月さんの性格を、慈仙が利用し続けていたのだろうと、なんとなく想像できます」

遊圭は出会ったころの玄月が大嫌いであったが、のちに思ったよりも情のある義に厚い人間であると知った。その後、幾度も共闘しては双方の窮地を救い、互いに命の貸し借りを重ねてきた年月のあとも、苦手意識が抜けきれずに会えば緊張してしまう。

「では游《ゆう》は、紹には内侍省を束ねていくことは難しいと考えるか」

そんなことを自分に訊《き》かれても、と遊圭は途方に暮れた。今日の会見は、陽元とは義理の叔父《おじ》・甥《おい》、玄月とは義理の兄弟となってしまった自分に持ち込まれた、相談もしくは愚痴の吐き出し場なのか。

「玄月さんの有能さは誰もが認めるところですし、お父上が陛下の信任厚い陶太監でおいでですから、いずれは玄月さんが内侍省の重鎮となるのは、後宮の誰もが予期していると思います。ただ、玄月さんのことですから、いまでも慈仙に心を寄せている宦官や、他者の栄達を妬む者たちを、いたずらに刺激することは避けたいのではないでしょうか。出る杭《くい》は打たれるものです」

陽元は「ううむ」と考え込んでしまった。それからふと思い出したように、遊圭の顔をじっと見た。

「そなたは、現在の部署において、頭を打たれているのか」

二十歳を過ぎたばかりで、官僚登用試験も受けずに、軍功によって中央の出世街道ど真ん中という、突出した杭から官僚人生を始めた遊圭の立ち位置に、思いがいたったようだ。

「あからさまな嫌がらせなどはありませんが。部署の最年少ですので、まあどこから始めても、あまり変わらなかったことかと――経験不足なのは事実ですから」

遊圭は額に汗を滲《にじ》ませて答えた。同じ部署の官僚は若くても三十代、あとはほとんどが親世代だ。外戚《がいせき》特権で出世した若僧として、やっかみがらみでこき使われないはずがない。

遊圭は仕事は真面目にこなし、外戚であることを振りかざして驕《おご》ることもない。生まれつき体が弱いこともあり、見た目も華奢《きゃしゃ》で押しが弱い。たとえ通常通りに官僚登用試験に合格して入庁し、最下の官職から始めていても、同僚や上司に侮られてこき使われていたことだろう。外戚であることと、こうしてたびたび非公式――つまり雑談のために――陽元に呼び出されることから、讒言を怖れられて通常の新人ほどにはいびられていないのではと、むしろ好意的に解釈している。

「ふうむ。朝議の場では君子面して澄ましている朝臣どもも、陰に回れば好き勝手に部下や新人を理不尽に扱うものであるか。宦官《かんがん》と変わらんな」

またしても相槌《あいづち》の方向に悩むことを言われ、遊圭は返答に窮した。そのうち変装して官庁を視察すると言い出しそうだ。遊圭は話を主題に戻す。

「それで、玄月さんはいま何をなさっているのですか」

「兵仗局《へいじょうきょく》に監察官として出向している。朔露から鹵獲《ろかく》した武具や馬具、兵器の管理を願い出たので任せた。実際に朔露と接したことからも適役ではあるが、閑職であるし、宝の持ち腐れというか、戦功そのものとは釣り合わぬ気がする」

すでに終わった戦争で得た武器の補修や保存管理、目録の作成ならば、期日もなく急いで仕上げる必要もない。毎日出勤する必要はなく、定時に帰ることができる。遊圭は少しうらやましくなった。

「陛下は玄月さんに充分に報いて差し上げたいのですね」

「あれとて栄達を望まないわけではなかろう。ただ、そなたに話を聞いて、急ぎすぎるのがよくないというのはわかった。とはいえ、このままでは私の気が済まぬ。国を救った功ある者は賞されるべきと思わぬか。内侍省の職官では激務が負担になるというのならば、列侯に封じてもよいと考えている」

すっと心臓が冷えるような心地がして、遊圭は視線を落とした。露骨に顔を伏せたように見えなければいいのだが、と息を整える。

列侯とは、皇族ではない臣下が封じられる最高の爵位であり、大きな軍功を挙げた者が対象となる栄誉ある地位だ。領地と数千戸の食邑《しょくゆう》も下賜され、文字通り一国のあるじとなれる。

朔露の来寇《らいこう》は確かに国家存亡の危機であったから、単身敵地に乗り込んで暗躍した玄月は、列侯に封じられる資格はある。

だがそれを言えば、朔露の盾となった河西郡《かせいぐん》太守の蔡進邦《さいしんほう》と、河西軍の総大将を務めたルーシャンもまた、列侯に封じられるべきであろう。そして、敵の小可汗を捕獲するという重要な作戦で命を落としかけた遊圭にも、その資格はあった。

自分はともかく、ルーシャンや蔡進邦が列侯に封じられていないのに、玄月に対する評価だけが陽元の胸中で膨れ上がっているのは、釈然としない。身内びいきが過ぎるのではないかとも、思わずにいられない。

思い通りに自分の感謝を受け取らない幼馴染《おさななじ》みに対する愚痴を聞かされるために、自分が呼び出されたわけではないことを察して、遊圭は本題に入る。

「わたしは、どのように陛下のお役に立てばよろしいのでしょうか」

とげとげしく聞こえないよう、遊圭はゆっくりと訊《たず》ねた。陽元は待ちかねたといった風情で掌《てのひら》を笏《しゃく》で叩《たた》いた。

「うむ。紹のところへ行って、落としどころを見つけてきてくれぬか。私が提示する官位も爵位も、とにかく辞退するので途方に暮れていたのだ」

半ば予期していたことではある。

遊圭は途中から陽元の意図を察していたので「御意」と答えて退出した。

帰宅して、夕食時にその話を正室の明々にする。

明々は動きの激しくなってきた息子の天賜《てんし》が、食べ物を手づかみしたり、父母の膳《ぜん》に伸ばそうとしたりする手を止めるのに忙しい。それでも、膝《ひざ》の上に天賜を乗せて息子の顔と手を拭《ふ》きつつ、丁寧に応じる。

「太守様や将軍様がもらっていない報賞を、玄月さんだけがもらうわけにはいかない、というのはわかるんですけど。どうしても高い官位や官職とか、爵位とかでなくてはいけないのかしら。官職は数が限られているから、代わりというか、金銀玉の財貨や値打ち物の工芸品とか、お手柄を立てた方々は、それぞれの勲功に応じて賜ってますよね。うちにもたくさんいただいていますし。私には値打ちがわかりませんが、趙爺《ちょうや》によれば、倉にしまってある壺《つぼ》やら玉器やらで、お屋敷がもうひとつ買えるそうですよ。私は游が生きて帰ってきてくれただけで、もう充分なんですけどね」

明々が顔を上げて、切なげな目で遊圭に微笑み、袖《そで》で目尻《めじり》を押さえる。再会してから二年も経っているのに、いまでも当時のことを思い出すと、離ればなれになって遊圭を待ち続けたつらさが甦《よみがえ》るらしい。

遊圭もしんみりとした気持になった。

「うん。ありがとう」

そう言ってしまったためか、陽元が玄月を列侯に封じたいと言い出したときに、胸に湧き起こったもやもやとした薄暗い感情について、打ち明けるきっかけを逃してしまった。

――まあ、なんでも正直に言ってしまえばいいというものでもないしな――

と、遊圭は自分に言い聞かせて、豚の甘辛煮を頬張った。

こういう濃い味付けと脂っぽい料理が、必ず一品は膳に上がる。趙婆《ちょうば》が星家に戻って家政を預かるようになってから、遊圭の好む食事を老人もしくは病人くさいと言って、こってりした料理を出したがる。幼かったころは虚弱であったために、遊圭は静かな離れに住み、家族とは別の薬食膳が出されていた。そのことを、母屋の台所を切り盛りしていた趙婆はすっかり忘れてしまっていたのだ。

線の細さから、官服をまとっても貫禄《かんろく》の足りない遊圭に、趙婆はもっと太るようにと食べる量にもくどくど言ってきた。一度は没落した星家に戻ってきた最初の召使いで、亡母に信頼されて星家の家政をそつなく回していた趙婆の言うことだ。若年の遊圭が逆らえるはずもなく、出された料理は食べる努力はしてきたが、胃腸にかかる負担はいかんともしがたかった。

遊圭は肉料理や揚げ物が嫌いなわけではない。幼い時は、家族と同じような食欲をそそる香辛料のかおりや、旨味《うまみ》を添える油脂をたっぷりと使った料理を食べさせてもらえないことが不満であった。こっそり食べてはお腹を壊し、療母のシーリーンに叱られて数日は粥《かゆ》と汁といった生活を余儀なくされたことから、こってりしたものは食べない方がいいのだと学習した。

とはいえ、成長期には運動量も増える。体質改善のための鍛錬に加え、風土の苛酷《かこく》な環境に身を置くことが続いた。異国を渡り歩いては、旅や戦による野営なども体験し、手に入る物なら好き嫌いなくなんでも食べられるようになっていた。

ただ、食が細いのは相変わらずで、間食を増やしてなんとか体を持たせてきた。

星家が族滅されたとき、遊圭と二年間の逃亡潜伏生活をともにし、後宮では医術と薬食について学んだ明々が嫁いで来てからは、脂を抜く工夫と、消化に良い食材と組み合わせた。さらに量を減らした盛り付けの効果か、結婚後はそれほど胃もたれせずに食べられるようになっていた。

そのおかげで最近は顔色も悪くなく、官服の帯に皺《しわ》が寄りすぎることもなくなってきた。中堅の官位とは似合わない貧相な印象はかなり薄れ、趙婆を安心させていた。

「それで、その落としどころを、玄月さんに訊《き》きに行くのですか」

明々が天賜を抱き上げ、期待に微笑みながら訊ねる。

「陛下は玄月さんが遠慮しているとお考えなんだ。かといって、宮中で玄月さんの望みを聞いてそれを叶《かな》えたら、慈仙の傘下だった宦官を刺激したり、寵《ちょう》を頼っての出世と妬《ねた》んだりする宦官もいるだろう。だから玄月さんの本心を訊いてくれということらしい。

明々もいっしょに来てくれるかな」

「もちろん。月香《げっか》さんにお会いするの、楽しみ」

玄月の妻、蔡《さい》月香は遊圭と明々が後宮に勤めていたときの主人であった。明々にとってはとても気の合う友人となり、月香が後宮を辞したのちは義姉妹《ぎきょうだい》の縁を結ぶほどの睦《むつ》まじさであった。通常から文を交わし、子育てについて相談し合い、季節の折々には贈答も交わしている。

相手宅を訪問して直に顔を合わせることは、官家の正室におさまって以来、滅多に外出することのない明々にとって、この上ない楽しみであろう。

「游《ゆう》は？　あちらに伺うの、気が進まない？」

浮かない顔で豚煮の脂身をつついて物思いに耽《ふけ》る遊圭に、明々は心配そうに訊ねる。

「まあ、心の準備はいるかな」

遊圭はごまかしきれない躊躇《ちゅうちょ》を苦笑いでまぎらわす。

「まだ、玄月さんを怖がっているとか、ないよね？」

ひやかしているのか、明々はふいに昔ながらの口調に戻る。

「怖がっているのかな。とても有能なのに己の才に驕《おご》ったりしないし、陛下の寵を笠《かさ》に着て職権を濫用したりすることもない。古今に例を見ないほど、私心のない忠臣だと思う。能力や人格でいえば、わたしよりもずっと優れた人間だと尊敬もしている。ただ、後宮にいたときに散々手駒として利用されたことと、危ない仕事をやり遂げても嫌味しか言われなかったこととか、あと、力の差を骨身に刻みつけられた恐怖心が、ずっと消えずにあるのかもしれない」

「力の差、って？」

明々は首をかしげたが、思い出したようにうなずいた。月香の殿舎に近い書院で、書《しょ》院《いん》尚《しょう》殿《でん》として働いていたときの記憶が甦ったらしい。玄月にいいように利用されたことに激昂《げっこう》した遊圭が玄月に殴りかかり、いとも簡単にあしらわれ、片手で投げ飛ばされたのだ。まさに『赤子の手をひねる』といった比喩《ひゆ》そのままであった。

しかし、明々はそんな昔のことを、と笑い飛ばした。

「あのときは体格差もありましたから。游もいまは腕力もつきましたよね。見た目は細いけど、杖術《じょうじゅつ》の鍛錬は続けてますし、力仕事も竹生《ちくせい》に劣るということはないのではありませんか」

竹生は姓名を潘敏《はんびん》といい、遊圭が幼いころから星家に仕えている下男だ。遊圭の流刑先に従僕としてついてゆき、その後は行方のわからなくなった遊圭の捜索に発《た》った明々について、砂漠の国まで旅をした。仕えた年月の長さのみならず、馬丁から庭師、建物や車両の修繕、料理に掃除、簡単な読み書きまで幅広くこなす。

背も高く、幅も厚みも遊圭よりひとまわり以上は大柄で、力仕事にも重宝されている竹生は、遊圭の朝の鍛錬にしばしば付き合わされる。組み手などでも互角ではないかというのが、明々の感想である。

「体術には相手の力を封じる技があるから、敏がわたしの得意技に押さえ込まれたからといって、わたしが敏より強いということにはならない。それこそ、体格の良い敏が玄月と取っ組み合いになっても、敏は二手もかからず片手で捻《ひね》り上げられてしまうだろうね」

「それはもう」

「玄月さんて、そんなに強いんですか」

明々も遊圭とほぼ同じ時期に玄月と出会ったというのに、優秀な兵士でもある玄月の側面は知らない。

「明々は玄月が戦っているところを、見たことがないんだったね。医生官の白羽冠《はくうかん》授与式で、旺元《おうげん》皇子が謀叛《むほん》を起こしたことがあったろう？　そのときの玄月と旺元皇子の取っ組み合いと奮戦ぶりは、あの場にいた官吏や錦衣《きんい》兵たちの間では、いまだに語り種《ぐさ》だ。毒を塗った刀子を繰り出す旺元皇子に、玄月はいったん追い詰められたけど、援護の矢に腱《けん》を射られた旺元皇子の首を絞め上げて宙づりにしたんだ。死に物狂いで玄月の腕から逃れようとする旺元皇子の形相よりも、氷のような玄月の無表情の方がよほど恐ろしかった。陛下が止めるよう御命じにならなかったら、眉《まゆ》ひとつ動かさずに旺元皇子を縊《くび》り殺していたと思う。あのときだけじゃない。朔露との戦いでも、捕虜の尋問でも、敵に対する容赦のなさというか、冷酷さというか、絶対に敵に回したくないという……は、は、臆病《おくびょう》だって笑ってくれていいよ」

　この国を揺るがした謀叛の騒動を思い出したのは、実に何年かぶりだ。しかし、話している内に、遊圭はあの日の喧噪《けんそう》から剣戟《けんげき》の音、周囲の悲鳴と傍らにいた陽元の言葉が脳裏に蘇《よみがえ》ってきた。そしていまにも縊り殺されそうに目玉と舌を突き出して、徐々に蒼《そう》白《はく》から青黒く変わっていく旺元の顔色と、その横の冷徹なまでに無表情な玄月の顔を、はっきりと思い出してしまう。

　軽い身震いが抑えられなかった。

　明々は目を丸くし、眉を寄せて微苦笑する遊圭を見つめた。遊圭がいまだに玄月にわだかまりを抱えているのではと、不安そうだ。遊圭は鮮明な記憶を振り払うように肩をすくめ、にこりと微笑む。

「玄月には恨みも含むところもない。単に、知力でも体力でも、そして胆力でも玄月には敵《かな》わないって劣等感を、わたしがいつまでも克服できないでいるだけだから」

ああそうか、問題は自分にあるのだと、遊圭は腑《ふ》に落ちた。この先、必要なときに玄月のように決断し、躊躇なく行動できるものだろうかと考えると、覚悟が定まっていない気がしてしまうのだ。

義兄弟と義姉妹

数日後、遊圭と明々は、息子と愛獣の天伯《てんはく》を連れて玄月の自宅を訪れた。

帝都の一等地に何町にもまたがる広大な邸宅を構えているのは、玄月の父である陶名《めい》聞司礼太監《ぶんしれいたいかん》だ。本邸の他にも、低い白壁の塀と楼閣付の門に隔てられて、大小の邸群がどこまでも広がっている。

かつて宗家の弾劾に巻き込まれ、没落の憂き目に遭った陶一族ではあるが、宮刑を受けて生き延び、現在は後宮の最高位に登りつめた陶名聞のもとに親類縁者が身を寄せるうちに、陶家の敷地それ自体がひとつの街区を形成していったようだ。

これほどではないにしろ、父の代の星家も多くの親族が軒や塀を接して暮らしていたことを、遊圭は懐かしく思い出す。

門番に案内されて、遊圭たちは玄月と月香の住む瀟洒《しょうしゃ》な離れへと通される。離れといっても、それ一軒が広々とした邸《やしき》であった。前にも同じ季節にこの離れを訪れたことがあったなと、遊圭は初夏の花が咲き乱れる前庭を眺める。並木の常緑樹や塀に沿って植えられた花樹は樹高が伸び、時の流れを実感する。

「来たか」

短い言葉で遊圭たちを迎えに出た玄月は、以前と同じように白麻の長衣に薄青の衫《さん》を羽織っている。ただ、去年は庭いじりでもしていたのか、長衣も衫も動きやすい仕様であったのが、この日は夫婦での来訪を予《あらかじ》め伝えておいたからであろう、長衣の袖《そで》は広幅で、裾長《すそなが》の衫のあらたまった衣裳《いしょう》であった。

遊圭は年少の訪問者として、手を前に組み揖《ゆう》礼《れい》の姿勢を取る。

「お久しぶりです。休日にお時間をとっていただきまして――」

「あらあら、親戚《しんせき》同士でそんな堅苦しい挨拶《あいさつ》は抜きになさい」

玄月の横から軽い足音を立て、月香が淡紅色の深衣の裾と袖を翻して、ふたりを出迎えた。

「明々、遊々《ゆうゆう》、待ちかねたわ。さあさあ、奥へ上がって。おいしい茶菓を用意させておいたのよ」

後宮に嬪《ひん》として仕えていたときよりは地味な衣裳であったが、月香の表情や雰囲気はいっそう華やかである。次に月香の裾から走り出たのは、褐色の毛玉ともいうべき仔天《こてん》狗《ぐ》の天月《てんげつ》であった。遊圭の足下からは、天月と見た目のそっくり同じ天伯《てんはく》が顔を出し、兄弟の再会を果たした。二匹はぐるぐる回りながら、庭へと駆け下りて遊び始める。

天月の次に、主人夫婦の裾から幼児が走り出てくるのではと、期待の視線を向ける明々に、月香が楽しげに笑い声を上げた。

「阿燁《あよう》は昼寝中なの。阿賜《あし》は大きくなったわねぇ。抱っこさせて。もうお乳は離れたの？　何か食べさせていいかしら」

次々と質問を繰り出す。明々も久しぶりに会えた月香の歓迎に微笑みを返す。

「最近はすっかり重くなって——」

月香は屈託のない笑顔で明々から天賜を受け取り、ゆさゆさとあやして「可愛いわねぇ」とか「ふっくらしてきた」など、楽しげに語りかける。

「月香、明々と阿賜を奥へ案内しなさい。私は遊圭と少し話がある」

月香は「はい」と応《こた》え、遊圭に「ごゆっくり」と微笑を投げかけて、明々と息子を奥へと連れて行った。天伯と天月は、庭のどこかへ消えてしまい、新緑の茂った生け垣や木々の枝をがさがさと揺らしている。

平和そのものの光景であった。

玄月の書斎に通され、勧められた籐椅子《とういす》に腰を下ろした遊圭は、陽元の使いであることを率直に語った。

「そのことか」

予期していなかったが、意外でもないといった面持ちで、玄月は応じる。

「提示された職官に不満があり、他に希望がおありでしたら、聞いてくるようにと」

玄月は腕を組み、すぐにほどいて何か言おうとしたが、指先で鬢《びん》を掻《か》いた。遊圭の見慣れた、考えをまとめ、言葉を選んでいるときの玄月の癖だ。本人は自分の癖を自覚しているのだろうかと、遊圭はぼんやりと思った。

やがておもむろに両手の指を組んで、膝《ひざ》の上に乗せる。

「大家《ターチャ》に示された職官に不満はない。立身出世に興味がないわけではないが、現在の官位がすでに年齢的に不相応に高い。周りじゅうが年寄りの同僚で気を遣うのも疲れるので、急いで出世する必要も感じないだけだ。生活にも、困っているわけではないしな」

玄月は軽く上げた片手を、母屋の方角へ向けた。

父親が司礼太監の地位にまで上がれば、その一門が与《あずか》る栄耀栄華《えいようえいが》は大臣を出したのと変わらない。いや、一門から大臣を三人出すのに匹敵するのではないだろうか。そして玄月は陶名聞のひとり息子なので、その財産をすべて受け継ぐことになる。玄月が現在の職官から得ている俸給など、陶家が蓄えた資産から得る収入と比べれば、微々たるものであろう。

自分にとっては親世代の同僚と、同格の地位で働く気疲れは遊圭も身を以《もっ》て知っている。だがそれでも、ふつうならば公職にある者が、一足飛びに官位を上げる機会を惜しむのには、それなりの理由があった。

「ご親族の方々は、何も言わないのですか」

陶家には跡継ぎが一生遊んで暮らせるほどの財産があるとしても、親族と係累の数が何十、何百にもなる一門を支えていくには、代々権力の中枢に居続ける必要がある。玄月ひとりが働かずとも困らなくてすむという話ではないのだ。

「別に、内侍省を辞するつもりはない。兵仗局の監察は興味深く、勤務時間も規則的で、自分の時間が取れる」

「兵仗局の仕事は、玄月さんから希望されたのですね」

「そうだ。大家には得心いただいていると思っていたが」

「陛下は、朔露戦の功労者には、いささか地味な職官とお考えのようでした。参内の頻度も少なくなり、後宮内のことに疎くなるのではと、ご案じのようです」

兵仗局は内廷でも外縁に位置する。監察の報告も数日おきで書類のみでよい。陽元は幼馴染《おさななじ》みの忠臣が顔を見せなくなったことが、不満なのではないか。

「陛下は至尊の身で楼門関までお出向きになって玄月さんを出迎えたほど、安否を気にされておいででしたから、身近に仕えて欲しいのではないでしょうか」

内常侍も秉筆太監《へいひつたいかん》も、側近中の側近だ。内廷から政治を動かすことさえ可能な地位である。この地位を示されて辞退する宦官《かんがん》など、まず存在しないだろう。

玄月は遊圭から目を逸《そ》らし、開け放された扉の向こうへと視線を向けた。間もなく満開を迎えるであろう藤棚に、無数の藤の蕾《つぼみ》が房となって揺れている。

「少し、庭を歩くか」

玄月は立ち上がり、遊圭の返事を待たずに外へ出た。遊圭は遅れぬようにあとに続く。

二分咲きかもう少し開き始めた薄紫の藤棚をくぐり、濃き紅に薄紅、あるいは象牙色《ぞうげいろ》の花弁を幾重にも広げる芍薬《しゃくやく》の小径《こみち》を通る。腰の高さにこんもりとした楕円《だえん》型に刈り込まれた躑躅《つつじ》の生け垣は、枝葉も見えないほどに白と赤紫の花に彩られていた。だが、よく見れば満開の時期は過ぎつつあるらしく、萎《しぼ》んだ花びらも見受けられる。その奥にはさらに背の高い石楠花《しゃくなげ》の木に、これから盛りを迎える大輪の濃い赤紫の花が、傲岸《ごうがん》なまでの美しさで遊圭たちを見おろしている。

そこここにしゃがみこんで草抜きや除虫、あるいは梯子《はしご》を使って樹木の剪定《せんてい》に励む庭師の背中には汗が滲《にじ》み、まだ風の涼しい初夏とはいえ、日向《ひなた》で作業する暑さを物語っている。

庭師は玄月らの気配に振り返り、立ち上がった。作業の進捗《しんちょく》や植物の状態を、玄月に報告する。花々の甘い匂いや、濃い緑の青臭さのなか、玄月と庭師が話し込むたびに、小径にしばし佇《たたず》む遊圭は、額や首筋に滲む汗を、爽《さわ》やかな微風が乾かしてくれるのを気持よく感じていた。

そうしてそろそろと移動した先には、薔薇《ばら》園の中央に瀟洒な四阿《あずまや》があった。そちらも花期を迎えていて、ただただ豪奢《ごうしゃ》な眺めである。

「こんな美しい庭園に囲まれていれば、あくせくと出勤などしたくなくなりますね」

ふと心に浮かんだ感想がポロリとこぼれ出た遊圭は、玄月が庭道楽のために昇進も出仕も拒んでいるかのような言い草をしてしまったと、思わず袖で口を押さえた。

玄月は四阿の手前で立ち止まり、肩越しにふり返った。

「褒め言葉と受け取っておこう。まだ完成はしていないが」

遊圭はあわあわと言葉を探して、とにかく庭を褒めることに集中する。

「季節ごとの植え替えもあるのですから、庭園造りは完成することのない芸術だと思います。腕の良い庭師はもちろんのこと、植物に関する主の造詣《ぞうけい》と感性も深くなければ、このように華やかで、趣のある庭園を造ることは難しいかと思います。わたしは自分の使う薬草園の管理には力を入れていますが、美意識には恵まれてないようです。庭園の手入れは家令と下男任せで、書斎や居間から眺めて目を休める程度の、平凡の域を出ません」

たとえ遊圭に造園趣味と適性があったとしても、邸の規模と敷地の広さが違うのだから、何種類もの牡丹《ぼたん》で彩られた迷路を抜けて薔薇園にさまよい込むような庭園など、造りようがない。

「ここまで造るのに、何年くらいかかったのですか」

香りの高い黄色い花を咲かせる、自分よりも背の高い樹を見上げて遊圭は訊《たず》ねた。玄月は首をかしげて少し考える。

官位の低い宦官は後宮に住み込み、ほとんど宮城から出てくることはない。遊圭が後宮に隠れ住んでいたころは、玄月もまた内廷の官舎から、所属する部署へ通っていた。

「夏沙《かしゃ》国から帰還して、二、三ヶ月の静養を命じられたときに、普請と整地を始めさせた。だから七、八年になるか。宮城に詰めていたときと、都にいない間は庭師任せであったから、月香の望むような庭園ができあがるかどうかはわからなかったが」
七、八年前といえば、麗華《れいか》公主の降嫁に従って、何ヶ月もかかる夏沙国へ下向した後だ。苛酷《かこく》な夏の砂漠地帯と気候の不安定な山岳地帯を、通常の半分の日程で走破したために、玄月も遊圭も過労がひどく、回復までに数ヶ月を要した。静養中はほぼ寝込んでいた遊圭と違い、玄月は激務のあとの休暇を、最大限に活用できたらしい。
玄月が後宮外でも活動する東廠《とうしょう》に勤めるようになったのも、そのころであるから、牡丹の枝振りも石楠花の背の高さも、そして藤棚の蔓《つる》の太さも理解できる。

遊圭はあることを思いだし、口元に微笑を浮かべた。

「小月《しょうげつ》さんについて話してもらったのが、そのころですね。東廠のお勤めで、観月楼に詰めておられたときに」

麻勃《まぼつ》に酔っていなければ、絶対に吐かなかったであろう玄月の本音を引き出した一幕だ。そのころから月香を迎えるための準備をしていたのかと、遊圭は冷やかすようなことを言ってしまう。

また、遊圭が童試受験や国士太学における騒動の挙げ句、流刑になってばたばたとしていたときに、当たり前ではあるが、玄月には玄月の私生活と将来への備えがあったのだと、妙な感慨を抱いた。

玄月は少し眉《まゆ》を動かしただけで、何も言わなかった。麻勃に酔うと記憶が曖昧《あいまい》になることは珍しくないので、覚えていないのかもしれない。遊圭は四阿に足を踏み入れ、薔薇園の向こうにも、四方に百花の咲き乱れる初夏の庭園を見回した。

玄月が遊圭を庭園散策に連れ出した理由がわからない。

何年もかけて造ってきた庭園を自慢したいのであれば、褒める要素はいくらでもある美しい庭だ。造園そのものには興味のない遊圭だが、薬になる植物の知識は玄人跣《くろうとはだし》であるので、共通の話題に困ることはないはずだ。

だが、玄月はほとんど口を利かずに庭を歩き、遊圭はそのあとをついてゆく。

玄月を苦手だなと感じるのは、こういうところもそうだと遊圭は思った。業務関連や連絡事項のほかに、雑談というものをほとんどしない。陽元の要請について深い話を避けたくて庭に連れ出したのならば、庭自慢や造園の苦労話をすればいい。どの花の栽培がもっとも大変であったとか、手に入れるのが難しい品種があったとか、土や肥料が合わなかった、虫や病気がついて枯らしてしまった花もあったなど、失敗談でお茶を濁せばいい。遊圭のさほど大きくない薬草園や果樹園でも、そうした話題を持ち出そうとすればいくらでもある。

遊圭の方から園芸について話題を提供するとしたら、目に入った草花や果樹の薬効やら毒性のあるなしやらといった内容に、限定されてしまいそうであるが。

花や自然に対する美意識まで、玄月に劣っていることに気づかされ、遊圭の口は重くなった。陽元の使いとして昇進を受け入れるよう説得したり、あるいは本音を聞き出して陽元に伝えたりといった任務は、自分には無理なのではとあらためて思えてくる。

四阿で話をするのかと立ち止まりかけた遊圭に、玄月は入ってきたのと反対側の小径を指さした。

「こちらだ」

玄月は四阿を過ぎて、蓮池《はすいけ》にかけられた橋へと進んだ。橋の向こうには糸杉の並木と丈の高い木々に隠れて、こぢんまりとした書院があった。書院の周囲には屋根の高さほどの合歓《ねむ》の木が等間隔に並び、花芯《かしん》の白から薄桃色に変わる花弁が扇のように広がり、風にそよいでいる。他にも、いまの季節には咲かないが、寒梅や木蓮《もくれん》など、それぞれの季節に花を咲かせるであろう花樹が見受けられる。

扉を開けた玄月は、遊圭を書院の中に招き入れた。不思議なことに、周囲を丈高い木々に囲まれているにもかかわらず、室内は明るい。二方の窓を大きくとって採光を良くしてあり、ほどよく計算された木々の間隔と、剪定された枝葉の隙間から射し込む日光が屋内を明るく照らしている。

窓辺に置かれた黒檀《こくたん》の書机には、硯《すずり》と筆の他には埃《ほこり》ひとつなかった。

「ここは、午前中しか使わないのだが――」

そう言いながら、玄月は奥の書庫へ入り、冊子に綴《つづ》られた書籍と、まだ綴られていない紙の束を抱えて戻ってきた。

書机に置かれた薄い冊子は九冊を数える。冊子には『楼門関監軍記』の表題の下にいつからいつまでという年月日が添えてある。

「監軍使として、楼門関に勤めていたときの日誌ですか」

遊圭は訊ねた。

「うむ。こちらのまだ綴《と》じられていない覚え書きは、捕虜となっていたときの回想録のようなものだ。思い出すままに書き散らしているだけで、出来事の順番や内容の整理はできていない。朔露の領域で暮らし、そこで見聞きした大可汗の宮廷や政治、小可汗の草原の生活など、覚えている限り残しておきたいと考えて書き始めたのだが、暦が手元になかったために、季節や日付など、記憶が曖昧なところもけっこうある。そなたが図《ず》書寮《しょりょう》で見つけ、このたびの戦において有用な論文の参考となった朔露第一帝国の記録のように、こうした記録が百年先、二百年先の子孫の役に立てばよいと思う」

「それは、素晴らしい考えです。百年先どころか、すぐにでも役に立ちますよ。大可汗ユルクルカタンは一時撤退をしただけで、朔露可汗国の脅威はまだ取り除かれたわけではありませんから」

玄月は形のよい口元を引き締め、かすかにうなずいた。

朔露軍が撤退して、戦争の脅威はすでに去ったという考えが、朝廷の大半を占めてきている。前線にいて朔露の勇猛さを思い知り、また背後にある朔露の版図を思えば、平和が戻ったなどとは安易には考えられず、遊圭もこの楽観主義には危機感を覚えていた。

だが、日々の業務の忙しさ、不調と快調の間を揺れて定まらぬ自身の体調、ようやく落ち着いてきた家庭と、叶《かな》いつつある星家の復興にかまけて、なんらの対策も注意喚起もしてこなかった。

実際の戦闘も掠奪《りゃくだつ》も起きなかった帝都付近では、兵站《へいたん》輸送のための徴兵や物資の不足、物価の高騰に悩まされたことから、厭戦《えんせん》気分に支配されていた。そのような中で、遊圭が朔露軍再来寇《らいこう》の可能性を説いても、かえって朝廷への反感を煽《あお》り、内部抗争の道具にされるだけであったからというのもある。

個人としてできることは何もないと、自分にとって理のある言い訳を無数に並べても、やはり何もしてこなかった自分に、遊圭は罪悪感を覚える。

日々書き込まれ、何度も読み返されたために、紙が劣化し擦り切れた監軍記を一冊ずつ手に取り、遊圭はパラパラと流し見る。監軍記の記述は、玄月が楼門関に赴任した五年前から始まっていた。中身は日々の執務記録と、城塞《じょうさい》内外を見回った記録、人事や兵站に関する覚え書きで面白みのないものであった。時折り、誰それと交際したとか、演習として狩りに出たときの収穫と賞与の記録、珍しい料理や土地の珍味が出されたときの食事の内容まで書き込まれている。そうした記載の書体は本文の公務記事よりも崩した走り書きとなっていて、遊圭も体験した辺境の暮らしが懐かしく思い出される。

五冊目の途中から一年ほど中断された『楼門関監軍記』は、六冊目から再開され一気に記載量が増え、戦争の記録となっていく。

戦が激しくなるにつれて、兵站関連の出納中心となり、帳簿一辺倒になってしまっているが、そうした物品や食料、そして兵員の増減と移送の推移を追うほどに、当時の緊張がいっそう生々しく思い出された。

綴られた冊子の最後の頁は、遊圭と玄月がルーシャンの部下たちと、朔露に占拠された方盤城《ほうばんじょう》に潜入する一日前で終わっていた。

「そちらの紙束は、ヤスミン妃とその夫に捕まって、楽士をさせられたときの記録ですね。書き上げたら読ませてもらえますか」

好奇心を隠さずに、遊圭は身を乗り出した。遊圭の食いつきのよさに、玄月は紙束を並べる手を止めた。

「書き上げられるかどうか、わからん。あちらでは筆記具を手に入れることが難しかった。記憶力には自信がある方だが、時間が経つほどこの身に起きたり、見聞きしたりした出来事の詳細や、交わした言葉などを忘れてしまう。砂漠に残された紋様が風に吹き消されて形を変えてしまう前に、描き留めようとするようなものだな」

麗華公主の消息を尋ねて、死の砂漠を越えた旅の記憶を遊圭は呼び起こそうとした。

ほんのふた月ばかりの冒険であったが、波瀾《はらん》に満ちた体験であったのにもかかわらず、いまとなってみればすでに熱砂の上に漂う蜃気楼《しんきろう》のように、思い出そうとすればするほど、あらゆる情景や会話が曖昧模糊《あいまいもこ》としてくる。

高山の王国、戴雲《たいうん》国の金椛と異なる風俗、標高によって移り変わっていく植生と動物。天狗の故郷であるかもしれない、深い森。玄月の言う通り、いちいち書き留めておかないと、いつの間にか忘れてしまいそうだ。

そして遊圭にも書けそうな戦記ならば、夏沙国の帰りに紅椛《ホンファ》軍を殲滅《せんめつ》した行軍記、そしてイルコジ小可汗の野営地に潜伏し、その作戦を頓挫《とんざ》させた記憶――

遊圭はぎゅっと目を閉じて、激しく瞬《まばた》きした。思い出したくない朔露武人の顔がまぶたの裏に浮かんできそうになったからだ。人質の侍女に変装した遊圭を、無力な捕虜の少女と疑わず、何くれとなく気を回してきた朔露の将軍の好意を逆手に取り、死地に向かわせたのだ。騙《だま》されていたことに気づいて、悪鬼のごとき形相で遊圭を手にかけようとしたジンの死に顔。

そのジンを一刀のもとに斬り伏せた本人が目の前にいて、穏やかな空気をまとわせて紙をめくり、淡々とした口調で話を続けている。はっと我に返った遊圭は、どこからどこまで話を聞き漏らしたかと焦ったが、過去の幻影に気を取られたのは、ほんの瞬きのあいだのようであった。

「書き留めようとしたことを思い出そうとしているうちに、時間が過ぎてしまう。午前を費やしても、数行も進まぬうちに正午の鐘が鳴り、月香が阿燁を抱いて迎えにくる」

遊圭は気を取り直して、時系列が整理されていないという紙束のひとつを指で撫《な》でた。

下書きなのだろう。質のあまり良くない紙のガサガサとした感触が指の腹を擦った。

「そういえば、女将軍の魏木蘭《ぎもくらん》が記した従軍記を小説にしたのは、玄月さんのお祖母《ばあ》様でしたね。玄月さんの手記が完成されれば、いつか誰かが読み物にして巷間《こうかん》に広がり、講談として語り継がれていくのでしょうね」

——自分たちがこの地上を去ったあとも、天賜の子どもたちが新たな脅威に直面したとき、祖国のために立ち上がろうとする誰かに伝わるといい——

その言葉を呑《の》み込んだ遊圭は、玄月が自分をこの書院に連れてきた理由を察した。

「ご自分の軍記を書く時間を確保するために、昇進を辞退したのですか」

「そんなところだ。覚えているうちに、書き留めておきたかった」

表情に愛想はないが、書院に来てからの玄月は饒舌《じょうぜつ》だ。

「でしたら、そのように陛下に申し上げればよかったのに。そしたらそれこそ書き上げるまで、長い休暇をくださるかもしれませんよ」

玄月は人差し指と中指で、鬢《びん》のあたりを掻《か》く。

「大家《ターチャ》に申し上げたら、書き上げた物を読みたいと仰せになるだろう。いつまでかかるか、完成するかどうかもわからぬもののために、休暇などいただけない。まして、そのために自邸に引きこもってしまうのも本意ではない。慈仙のことも、まだ水面下では解決したわけではないからな。いまのところは、軍事関連の記録を調べやすく、時間の融通の利く兵仗局への異動をお認めくださったことで充分満足していたが、大家がそこまでお気に懸けてくださっていたとは」

「恩寵《おんちょう》も、厚すぎると少し重たいですね」

遊圭は会話が弾みだしたことに気を良くして、軽口を叩《たた》く。

「若輩者が先輩方ばかりの重職に就くとそれなりに気苦労が、といったわたし自身の体験をそれとなく申し上げたところ、職官が煩わしければ、列侯に封じるのはどうかとも仰せになりました」

「列侯に？」

玄月がピクリと眉《まゆ》を上げ、鋭く短い語調で訊《き》き返す。遊圭は玄月を不快にさせることを言ってしまったかと、口を閉じた。

「大家が、私を列侯に封じると仰せになったのか」

表情も口調もみるみる険しくなっていく。遊圭は「はいそうです」と唾《つば》を呑み込み応《こた》えた。ここはふつうならば喜ぶところだろうに、と思いつつ。

遊圭にとっては数呼吸のあいだ、玄月は窓の外へと視線を向けて考え込む。それから遊圭へと体ごと向き直り、鋭い目でじっと見つめてきた。

端整な容貌《ようぼう》をしているので、無表情ににらみつけられるとそれだけで恐ろしい。敵意や怒りなどは感じられないが、遊圭の表情や態度に滲《にじ》み出るすべてを見逃すまいという圧力に満ちている。

遊圭がすくんでいると、玄月は口を開いた。

「それで、そなたはどのように答えたのだ」

遊圭は慌ただしく陽元との会話を思い返した。

「何も申し上げませんでした」

玄月に対してとりつくろったり、いい加減なことを答えたりしても無駄なのはわかりきっている。だが、正直に答えた遊圭に対して、玄月はさらに不機嫌になった。

「なぜ即座にお諫《いさ》めしなかったのだ！」

先ほどまでの平穏な空気は霧散し、ピリピリとした緊張が書院に満ちた。

「玄月さんの封侯に反対するのが、わたしの役目ですか。報賞の授受は陛下と玄月さんの問題ですよね？」

伝令に過ぎない自分が叱りつけられている理不尽さに、遊圭は思わず言い返す。

遊圭は玄月が怒っている理由を察せられないわけではない。ふつうならば、皇帝から列侯の地位を示されれば喜ぶものだ。『ふつう』あるいは『凡庸《みけん》』な人間であれば――

玄月は壁近くに置かれた三人掛けの榻《とう》に腰を下ろした。眉間にしわを寄せ、両方のこめかみを指の関節でぐりぐりと揉《も》む。

「大家と私だけの問題ではない。封侯は国政にかかわる問題だ。皇族でない人間に国をひとつ賜るということだぞ。そなたは前線と中央で軍事政治に揉まれて、少しは賢くなったと思っていたが」

失望を込めた言い草に、遊圭はむっとする。

「列侯の意味くらい、知っています」

「では、その場で陛下をお諫めするのが、そなたの責務であろう」

「わたしが反対したら、私情と嫉妬《しっと》にしか見えないではありませんか」

口調が険しくなっていくのをどうにもできず、遊圭は反論した。

「では娘娘《ニャンニャン》を動かせ。なんのための外戚《がいせき》だ」

「叔母《おば》上を政治に巻き込めと言われるのですか。そのために陛下との仲がこじれたら、翔太子のお立場も難しくなります」

もはや口論の域である。こうなることが予想されたから、訪問は気が重かったのだ。

玄月の言う通り、遊圭は賢くはないかもしれない。だが、馬鹿でもなかった。『玄月を列侯に』、という陽元の考えが、政治的に問題があることはわかっていた。

しかし、異を唱えるにも自分の立場や政情への配慮、いかに説得すれば陽元が納得するかと、その場で考えをまとめて諫言《かんげん》するほどに頭の回転は速くなく、時間が足りなすぎた。

いっそのこと玄月が典型的な宦官《かんがん》で、慈仙のような俗物の野心家であったなら、分不相応な地位に勝手に登りつめて下り坂を転げ落ちてくれたであろう。遊圭にしても、良心の呵責《かしゃく》なく栄華の絶頂から転落する俗物を見物することができた。

だが、玄月は俗物ではなく、遊圭も傍観できる立ち位置ではない。

「それでも、そなたは諫言する立場にあるのだ」

玄月は断言した。そして嘆息し、コキコキと音を立てて首を回す。

「私か父がその場にいれば、そなたが巻き込まれることもなかったわけだがな」

少しだけ、口調が和らいだ。遊圭はホッと小さく息をつく。

「わたしがいつまでも未熟なので——いろいろと思うことでいっぱいになってしまい、何も言えなかったのです。あれから何日も経ってますが、時間をかけて考えても、いまだに整理できていません。どのように言えば良かったのか、わからないままです」

「なんであれ、そなたがその場で意見を述べなかったのは悪手ではない。短慮な物言いをすれば、かえってそなたや娘娘に不利なことになったかもしれん。保身は悪ではない。時に沈黙は金だ」

あっさりと矛をおさめた玄月に、遊圭は胸を撫で下ろす思いだ。玄月が無口なのは、生来の性格だけではなく、うかつに物を言えない宮中生活で学んだ処世術なのだろう。

「そなたは、反対すべきだとは考えたのだな。ならばいい」

遊圭は姿勢を正した。

「では、玄月さんは封侯を望まれないと、陛下に伝えてよろしいのですか」

「いや、そなたは巻き込まれぬほうが良いだろう。父と私から伝える」

そう言ってから、思い直したように付け加えた。

「そなたも同席した方が良いのかもしれない。父に相談してから決めよう」

ふたたび空気が和らいだ。書机の上に並べた書き付けや冊子を整理しつつ、玄月が訊《たず》ねた。

「封侯の話を大家がなされたとき、そなたはどう感じた？」

正直に言っていいものかと、遊圭は袖《そで》の中の手を握ったり広げたりして訥々《とつとつ》と答える。

「なんというか、いい気持はしませんでした。そういう風に感じてしまう自分も、嫌になりました」

「皇后と皇太子の議親であるそなたが、いまだ列侯に封じられないのに、外廷の臣下をも差し置いて内臣が列侯に封じられて通る道理はない。だから、そなたがそう感じるのは正しい」

淡々としてはいるが、諭すような口調に、遊圭は本心を語ったことに安心感を覚える。

「でも、議親が無条件に列侯に封じられていた前王朝までならともかく、金椛の朝廷では外戚はむしろ排斥される立場にあります。生きて官職を得ているだけでも、ありがたいことだと考える人々はいることでしょう。それに、玄月さんの功績が封侯に値するのは事実ですし」

「ならば、蔡大官とルーシャン将軍も封侯されなくては筋が通らぬ。そして、そなたの功績も、天鋸《てんきょ》行路でイルコジ軍を撃退させた功績をも加味すれば、外戚云々《うんぬん》にかかわらず、封侯を検討されるべきだ」

「それを本人が胸のうちでちらっと思ったとしても、口に出すのはいかがなものかと黙ってしまうのは、間違っていませんよね」

遊圭は、かすかな苦笑を口の端に添えて、玄月の目を見て訊ねる。玄月は同じくらいかすかな微笑を返した。

「なかなか正直だな」

「自分の器はわきまえることにしています」

玄月は少しのあいだ口を閉ざした。例の鬢《びん》を指先で掻《か》く仕草の合間に、両手の指を組んでは離して、考え事をまとめるようすを見せた。

「この突然とも思える封侯案件について、そなたは気づいていないようだから、教えておく。大家《ターチャ》の本音は、私の功績に対する報賞ではない。言うまでもないことだがこれは単なる憶測だから、他言は無用だ」

「はい」

憶測を口にすることを嫌う玄月が、敢《あ》えて話してくれるのだ。遊圭は背筋を伸ばした。

「列侯の爵位と封地は一代限りではない。子孫が相続できる」

そこまで言えばわかるだろう？　とでも言うように、玄月は顎《あご》を上げ気味にして遊圭の表情を観察する。

「つまり、陛下が封侯したいのは――」

玄月ではなく、自身の血を引く阿燁であると、遊圭は察した。

陽元の意向を聞かされたときに、そこまで気が回らなかったのは、遊圭が鈍感だったわけではない。手放した我が子にそこまでの情愛を陽元が抱いていることに、想像がいたらなかったからだ。

后妃から妻妾《さいしょう》にいたるまで、皇帝の後胤《こういん》を増やすための女たちがひしめきあう後宮には、陽元の皇子は十数人を数える。顔と名前を一致させるのも一苦労と皇后の玲玉にこぼすくらいの陽元だ。寵妃《ちょうひ》でもない、たまたま一夜の務めで懐妊してしまった妻妾が産んだ子の将来を、陽元が気にかけていたことなど、遊圭にとってはまったくもって意外であった。

「どの妃《ひ》嬪《ひん》や妻妾の腹から生まれた皇子であろうと、とりあえず王号は賜る。封地の大小や食邑《しょくゆう》の数に差はあれども。そこからひとりだけこぼれてしまうことに、お心を痛めておいでなのかもしれないが、余計な配慮だ」

いきなり、最後の言葉だけ平易で直截《ちょくせつ》な物言いになって、遊圭はびくりとなる。皇帝にかかわる話題は、このように孤立した場所でもぞんざいな言葉遣いはしないものだ。

まして、忠臣の見本ともいえる玄月が、である。

「そうなると、わたしが諫言をしなかったことは、むしろ賢いことだったのではありませんか」

遊圭はおそるおそる言った。

月香が嬪の位にあったときに生んだ男子は、記録上では生後数ヶ月で夭折《ようせつ》している。

そして阿燁は、功績のあった内臣として月香を賜った玄月が、結婚するにあたって親族の誰かからもらいうけた養子ということになっていた。

とはいえ、皇帝の胤《たね》を宿した女官が廷臣に下賜されるというのは、前例のないことではない。むしろ堂々と行われた時代もある。そのため我が子が先帝の後胤であることを盾に、代替わりのときに臣下が謀叛《むほん》を企《たくら》んだり、落とし胤を騙《かた》る不届き者が巷《ちまた》を騒がせたりといったこともありがちだ。

阿燁が成長して人前に出るようになり、顔立ちが陽元に似てくれば、玄月が陽元の寵臣《ちょうしん》であることから、月香の子が生まれた時期と阿燁の年齢とを考え合わせる者が出てきて、好ましくない噂が立つことになるだろう。玄月が列侯に封じられたことも、我が皇子のひとりを国侯にしたのでは、という憶測の材料になる。

「阿燁には、童試を受けさせるつもりですか」

薄氷を踏むような慎重さで、遊圭は訊ねた。阿燁が長じて国士太学に入り、やがて官界に出るということは、自ずと出自が明らかになってしまう危険があった。

「愚問だ。本人に童試合格に必要な学力が備わるかどうかも、まだわからんうちから決められぬ。母方の商才を継ぐかもしれぬし、学問を好むかどうかも未知のことだ。もちろん、できる限りの教育は受けさせるつもりだが。あと二代は官僚を出さずとも、当家が暮らしに困ることはない」

その言い草がいかにも玄月らしくて、遊圭はふっと笑ってしまった。

「玄月さんがそのように無欲恬淡《てんたん》としているから、陛下は阿燁の将来をご心配なさるのでは？　いつまでも辞退していると、どんどん報賞が大きくなっていって、封侯だけではすまなくなっていきますよ。玄月さんの方から思い切ったおねだりをしてみれば、陛下は安心されるのではないでしょうか。なにかこう、誰の憶測も妬《ねた》みも買わないですむご褒美を」

話しているうちに、ある考えが浮かんできた遊圭の体は、無意識のうちに前のめりになる。玄月は興味を引かれたらしく問い返してきた。

「そんな都合のいいものがあるのか」

「玄月さんは後宮に通貞《つうてい》のための学問所を開いていましたね。主催者であった玄月さんが異国や前線に駆り出されてからも、ずっと続いているのですか」

後宮に潜んでいたとき、事情があって玄月の官舎に匿《かくま》われていた遊圭は、そこで未成年の新米宦官《かんがん》が読み書きを学んでいるのを見聞きした。後宮の片隅にあった官舎は古びており、内装も殺風景で、家具も古く不揃いであった。

粗末な官舎のありように、書籍や文具をそろえるのに、莫大《ばくだい》な資金がかかっているのだろうなと、当時は官位と官職を得たばかりの玄月の俸給を想像しつつ、遊圭は納得したものだ。

「楼門関へ赴任してからは、青蘭《せいらん》会の舎弟らに任せてある」

「私学ではなく正式な学問所を設けたいと考えているのに、忙しくて手が回らないとおっしゃっていたのを覚えています。いまでもそうお考えですか」

「ずいぶんと昔のことを、よく覚えていたものだ」

遊圭の言わんとするところを察して、玄月の頬にふわりとした微笑が浮かんだ。この、家族と腹心の部下、そして限られた同僚と友人にのみ向けられる自然な微笑みを引き出したことで、遊圭は今回の訪問はほぼ成功した気になった。

十二歳から宦官として後宮で生き延びなくてはならなかった玄月は、相手によって魅惑的な笑顔と人好きのする愛想を、巧みに使い分ける技を身につけていた。相手との心理的な距離と、警戒心や敵対心の有無によって、表情や態度が変わるのは人間として自然なことではあるが、玄月はその振り幅が非常に大きな人間であると、遊圭は何度も思い知らされてきた。

それは、遊圭と玄月の関係性が、常に変化し続けてきたためであろう。

遊圭の成長と社会的地位の浮沈によって、庇護《ひご》対象であったり、上下の雇用関係であったり、対立関係であったり、またあるときは対等な立場での連携を必要とする共闘と、命の貸し借りを繰り返してきた。

遊圭は病弱であったために、家族と限られた数の使用人に囲まれて育ち、少年期のはじめまで外の世界を知らなかった。そのためもあって、二年前に義兄となったこの青年の複雑な人間性を理解するのに、実に十年の月日を費やす羽目になったのだ。

「あのとき、玄月さんは『仁』の人なのだと思いました。いまも、そう思っています」

遊圭が断言すると、玄月は軽い驚きを瞳《ひとみ》に浮かべてから、ふっと笑った。

「そうは見えなかったな。なにかにつけて突っかかってきていたように覚えているが」

それは、絶えず遊圭の神経を逆撫《さかな》でするような言動を、玄月がとってきたからだろう、と言い返しそうになって、自重する。

実際のところ、苦労人の玄月から見れば、小賢《こざか》しくて生意気な、世間知らずの道理を履き違えた少年だったのだろう。学はあっても頭でっかちで、使えそうで使えない、やることなすこと危なっかしく、苛々《いらいら》させられていたのではないか。

遊圭は、思春期の手前で父も兄も亡くし、導師にも反面教師にもなる同性の年長者を持たなかった。後宮で女童に身をやつして多感な時期を過ごさなければならなかった遊圭としては、かれの未熟さを小馬鹿にし、自分の頭を抑えつけようとする玄月にどうしても我慢がならなかった。官家に特有の、幼少期から刷り込まれる宦官への差別意識も、根深いものがあった。

もともと官家の御曹司であった玄月が、そんな遊圭の潜在的な優越感と蔑視《べっし》に気づかぬはずがない。彼自身が宮刑に処されるまで、宦官という身分を蔑《さげす》んでいたであろうから、遊圭の抱える嫌悪と不信もまた、手に取るように感じ取れたことだろう。

落ちぶれた官家の御曹司同士の、同類嫌悪と歪《ゆが》んだ対抗意識を、双方が抱えていたところにも要因があったかもしれない。

「玄月さんが博愛主義者じゃないのも、骨身に沁《し》みてわかっています」

とりあえず、過去における自分の未熟な振る舞いの責任を、さりげなく相手に押しつけて、遊圭は話を先に進めた。

「内廷に新しい学堂を建てる勅命を出していただけば、文具や教材の費用も内務費から出ます。国士太学から講師を招くこともできます。新設学堂の学長たる祭酒《さいしゅ》には、まさに玄月さんが適任ですし、どの現職太監の地位を脅かすこともありませんから、どこからも反対や嫉視《しっし》は起きないのではと思います」

遊圭が一石三鳥の利を説いているあいだ、玄月は戸外の鳥のさえずりに耳を傾けるかのように、窓へと顔を向けて目を細めた。

「内学堂か」とつぶやく。

「内侍省の実務作業を任せられる宦官の人材不足は、いまだに解消されていない。次に参内したときに封侯の件には触れずにその話を持ち出せば、父や娘娘を巻き込むこともなく、大家《ターチャ》を説得できるかもしれないな」

そのときすでに、遊圭の脳裏には『封侯の件についてはひと言も触れず、内学堂の開設を懇願し、予算を取り付けて、立ち去り際に阿燁の成長ぶりを簡潔に報告して退出する玄月』の姿が想像できた。陽元の表情や反応がどのようなものになるかは、想像し難かったものの、陽元の言う『落としどころ』としては、最善の選択ではないだろうか。

難題をひとつ片付けて気分の良くなった遊圭は、書机へと視線を落とした。

「朔露領の在留記、書き上がったら読ませてもらえますか。監軍記の方は、今日にでもお借りしていきたいくらいです」

純粋な興味と好奇心に顔を輝かせて、遊圭は頼み込む。

「原本は外に出せないので、写本を作らせて届けさせる。在留記は、気長に待て」

「ありがとうございます」

あっさりと良い返事がもらえたので、遊圭はますます嬉《うれ》しくなった。

遊圭もまた、幾度も異国の地を踏み、都で一生を終えていたら経験しないような冒険を重ねてきた。自分でも地理志や戦記を書いてみたくなったが、口にするのは控えた。玄月の真似をするようで恥ずかしかったし、多忙な日々のなかで、思う通りに書けるかどうかわからない。

あるていど書き散らして一冊分の量が溜《た》まってから、『実は自分も』と言ってみたら、玄月は興味を覚えて読みたがるだろうか。

戸外から子どものはしゃぐ声と、女たちの話し声が書院に近づいてくる。開け放された書院の扉から、小さな顔がのぞく。阿燁の賢そうな顔が中を窺《うかが》っている。声がしたときにはすでに立ち上がっていた玄月は、早足で入り口に近づいて、阿燁を抱き上げげつつ戸外へ出た。

午後の日は西へ傾き始めている。木漏れ日の中で、阿燁が「きゃはは」と嬉しそうに笑い声を上げた。顔立ちも笑い方も、母親に似ている。

「もう夕食の時間か」

活発そうな阿燁が書院に駆け込もうとせずに、もじもじと中をのぞきこんでいたことから、子どもは書院に入らない方針か躾《しつけ》なのだろうと、遊圭も玄月のあとから外へ出た。

「お父さまを迎えに行きましょうと言ったら、矢のように飛び出してしまって。もう、走り出したら追いつけません」

　月香が追いついてきて、阿燁の頬を軽くつまんだ。

「お仕事のお話は終わりました？　食事の用意ができたので、お迎えに参りました」

「手間をかけさせたな。ちょうど母屋へ帰ろうとしていたところだ」

　なんでもないような夫婦の会話だが、このふたりが結ばれた経緯と、この日常を手に入れるまでにかかった年月を知る遊圭には、ひどくまぶしく思われた。それを言えば、遊圭と明々の出会いと家庭を持つまでにいたる紆余曲折《うよきょくせつ》も、いまとなっては奇跡の賜物といって差し支えない。

　その明々が息をきらしつつ、腕に天賜を抱いて追いつく。

「素敵な庭園ですね」

「ずっと阿賜を抱いてきたのか。重かっただろう」

　離れの母屋から書院までは、幼児を抱っこして歩くにはけっこうな距離だ。遊圭は明々に手を伸ばし、阿賜を抱き取る。

「お庭の花を散らしてはいけないと思って、逃げ出さないように捕まえておくのが大変です。まだなんでも口に入れてしまうので」

　疲れて強張《こわば》った腕と肩を揉《も》みながら、明々が礼を言う。

　薬草を育てている明々は、見た目は美しく一般的な園芸種ながらも、毒を含む植物にも詳しい。おとなであれば腹を下す程度の草花でも、幼い子どもには命にかかわることもある。他家の庭園には何が植わっているかわからないから、いっそう気を遣ってしまうのだろう。

それでも、重たい幼児を抱えながらでさえ、散策《さく》と観賞に値する美しい庭であった。

「素敵ねぇ。芍薬《しゃくやく》がうちのとぜんぜん違うの。牡丹《ぼたん》かと思うほど豪華で、いい香りがする。牡丹は牡丹で枝が太くていろんな色柄の大輪の花がいくつもしっかりついて、ほんとうに百花の王って感じ。どうしたらあんな風にできるのかな」

興奮のあまり、定着していたはずの正室風のしゃべり方をすっかり忘れてしまったようだ。

「同じ花でも品種が違うんだよ。色や大きさの異なる種を掛け合わせて、新しい品種を作っているのかもしれない。うちは原種をそのまま育てているから、同じような花しか咲かないいんだ」

遊圭は急に自邸の庭がみすぼらしく思えてきた。庭道楽する知識もお金も、そしてなにより時間もないのだから、張り合っても仕方がないと自分に言い聞かせる。

阿燁を真ん中に歩かせて、両側から手を繋《つな》いで歩く玄月と月香のうしろを、少し離れて歩きながら、遊圭は明々にささやいた。

「玄月さんが朔露に囚《とら》われていたときに、月香さんが贈った花帯、覚えている？」

「いろんな花が刺繍《ししゅう》された、あれ？　覚えています」

「広げたときは暗がりだったし、時間がなかったから、帯に刺繡された植物を全部は覚えているわけじゃないけど。この庭園には、あのとき目にした花々がすべて植えられている」

明々は目を見開いて、植物ひとつひとつを見ていった。

「本当ね。はぁー。それを知ってあらためてお庭を見ると、涙が出そう」

明々はささやき声で、感嘆の息を吐いた。

庭園を埋め尽くす草花と果樹、木立と並木は、遊圭には名を知らない植物も少なくはない。ついさっきあきらめたばかりなのに、自分の邸《やしき》にも花の種類を増やして、もう少し凝った庭園を造りたくなる。

──在留記やら造園やら、玄月の二番煎《にばんせん》じみたいで、なんだかなあという気はするけど──

無意味に玄月と張り合おうとしていた少年時代を思い出して、内心で苦笑する。

かつて、朔露に囚われたことを大可汗暗殺の好機と考えて、命を捨てようとした玄月を思いとどまらせるために口走ったことも脳裏に蘇《よみがえ》って、遊圭はひとりで顔を赤くした。

──玄月の友になりたかったのは、嘘じゃないし。裏切る前の慈仙や、雑胡《ざっこ》隊のラシードさんたちと隔てのない雑談をして笑うのを見たときは、本心からうらやましかった。

文武両道で義に厚い玄月が、兄だったらいいなと思ってもいた。苦手意識がどうしても消えないのは、どうしようもないけど──

玄月が心を許している青蘭会の宦官《かんがん》や、戦友であったラシードのように気安くつきあえないのは、互いの地位が内廷と外廷の対極にあることも原因のひとつだ。

将来は朝廷の中枢に登りつめるであろう外戚《がいせき》の遊圭と、やがて後宮を掌握する主席太監となる玄月の間には、その対立を煽《あお》りたがる部外者が無数に存在するのだ。

今上帝の血を引き、後宮の権力者に託された幼い阿燁もまた、朝廷の未来に先送りされた火種となり得る。

皇太子の従兄《いとこ》である遊圭とは、いつか対立することになるかもしれない。

知力でも、胆力でも玄月に劣ることを自覚している遊圭は、外戚と宦官勢力が争う未来がこないように祈るばかりだ。平和になれば内訌《ないこう》が始まるのが歴史の習いならば、内廷と外廷が団結を続けるために、朔露の来寇《らいこう》も歓迎する気になってしまう。

殺し合いばかりの戦争には、心底うんざりしているというのに。

――人間とか、国家とか。もう本当にめんどうくさい――

「なに？」

心中でつぶやいていたつもりが、いつの間にか声にでてしまったようだ。明々が聞き取れなかったのはさいわいだった。

☆　☆　☆

夕方に近い時刻、金椛国皇帝の陽元は、後宮へ退いて皇后の住む永寿宮《えいじゅ》へと渡った。

カーン、カーンと勢いよく木の毬《まり》を打つ音が響き渡る。陽元が永寿宮の門をくぐると、広い前庭では、子どもたちがふたつの組に分かれて杖《つえ》を振り回し、毬を追っている。

もうすぐ十二歳になる翔太子が、弟妹を集めて打毬《だきゅう》をしていた。三つ年下で同腹の瞭《りょう》皇子を副将に、同年で異腹の駿王《しゅんおう》を対戦組の主将として、五人の男児と五人の通貞たちが勢いよく杖で毬を飛ばしている。

父帝の到着に気づいた子どもたちは動きをとめた。皇子たちは地面に片膝《かたひざ》をつき、通貞らは平伏する。

「元気そうだな。遊戯を続けてよい」

そう子どもたちに命じて庭を横切った陽元は、露台に榻《とう》を出させてそこに腰を下ろす。露台で夫を待っていた皇后玲玉に、そばに腰を下ろすよう命じる。

「また数が増えたか」

「御子《みこ》がですか、それとも通貞がですか」

問い返された陽元は、少し考えて「どちらもだ」と答える。

「永寿宮に迎えた皇子の数は増えていませんが、保寿宮《ほうじゅ》の恭王《きょうおう》と敬《けい》皇子が駿王の組に入って遊んでいます」

陽元は目を細めて、球技に興じる息子たちを眺めた。王号を得ているのだから、年長のひとりであろうと見当をつけ、最も背の高い少年を注視する。

かつて同じ王号を授かった異母兄の面影と重ねてみる。まったくの別人だが、封号は使い回すものだから、同じ名や号で呼ぶことに、特にこだわりはない。ただ、故人に対して、ふと懐古の情が胸をよぎったことは否めない。

時鐘が鳴り、遊戯の終わりを告げる。

玲玉は宦官に用意させていた菓子の容器を、陽元に差し出した。

「陽元さまからお授けになれば、皇子たちも喜びます」

翔太子を先頭に、年齢順に並んだ皇子たちに、陽元はそれぞれの活躍を褒めつつ菓子を授ける。どの顔も激しい運動に顔を紅潮させ、父帝から授けられる言葉と菓子を誇らしげに受け取った。

子どもたちがそれぞれの宮に引き取ったあとも、日中の暑気がまだ残っているので露台で涼むと言って、陽元は夕陽に染まる空を見上げつつ茶を注がせる。

「どうかされました？　今日は心楽しまぬことでもございましたか」

陽元はぎゅっと口角を引いて、勘のいい后を横目《きき》で見た。

「そういうわけではないが」

そのまま黙ってしまった夫の次の言葉を、玲玉は静かに微笑んで待った。陽元は気持がまとまったようで、不満げに吐き出した。

「戦功の報賞に紹を昇進させようとしたのだが、どれも断られてしまった」

「まあ」

「それで、内侍省の職官では不満があるのかと思い、列侯に封じるのはどうかと考えて、游に打診の使者を頼んだのだ」

「游に？」

玲玉の問いには、先ほどの『まあ』よりも、驚きと懸念の響きが含まれていた。

「今日、紹が参内した」

「紹を封侯なさったのですか」

玲玉の声には、かすかな動揺すら滲《にじ》んでいる。

「いや、私がその件を持ち出す前に、あいつめ『昇進よりも望むものがあるが、叶《かな》えてもらえるのならば、戦功の報賞にこれ以上のものはない』と言って、とんでもないことをねだりおった」

「とんでもないこと、ですか。昇進でも、封侯でもないもの……」

懸念は残っているものの、好奇心が口調に表れる。

「宦官のための学府を建ててくれと言い出した。老朽している官舎を取り壊し、そこに内学堂を設置してくれと。そこで新しく入ってくる通貞や、希望する宦官が学問を修めることができるようにしたいという」

「それはよい考えですね」

玲玉のふくよかな頬に、牡丹《ぼたん》のような笑みが広がった。

「それなりに学のある宦官が増えれば、後宮の実務を手がける人材も増えて紹の負担も減り、自宅で家族と過ごす時間も増えるでしょうから」

心から喜ばしげに、屈託のない笑みで言われて、陽元はふてくされた顔になる。

「内廷の高官たる内常侍や首領太監、臣下として最高位である列侯よりも、宦官の学問所の祭酒に就《つ》くほうが褒美として価値があると、そなたも思うのか」

「紹は掖庭局《えきていきょく》に勤めていた当時から、自分の官舎で通貞に読み書きを教えていました。人に学問を教えることが好きなのでしょう。それに、少年のときに親から引き離されて後宮で暮らし、来世を誓った十五年越しの許嫁《いいなずけ》と、ようやく結ばれて家庭を持ったのです。紹としては出世を急ぐよりも、いまは家族と過ごしたいと考えたとしても、責められませんわ」

「ならば、列侯を授爵して封国に閉じこもり、そのまま出てこなければいい」

いっそう不機嫌に言い捨てる陽元に、玲玉は微笑みをおさめて、真面目な顔つきとなった。語調も硬さを帯びて問いかける。

「封侯は紹のためですか？　それとも月香の息子のためですか」

陽元は返答に窮したらしく、榻の背もたれにもたれて、組んだ両手を腹の上に乗せる。宦官が片付け忘れたらしき打ち毬が、植え込みの陰に転がっているのを見つけ、憂鬱《ゆううつ》そうにその毬を眺めた。

「打毬や蹴毬《けまり》を共に楽しむ兄弟がいたであろうことを、知らずに育ってしまうことは不《ふ》憫《びん》ではないのか。兄弟が有するのと同等の食邑《しょくゆう》を授けたいと思うのは、過ちか」

玲玉はすぐには答えなかった。后の沈黙に我慢ができなくなった陽元が、体を起こして玲玉に向き直る。

「私が間違っているのだろう。何も言わなくていい」

玲玉はにこりと笑う。

「兄弟の数や育ち方に、間違いも正解もありません。兄弟が多ければ寂しくありませんが、諍《いさか》いも生まれます。両親の関心と愛情を独り占めにできるひとり子も、子だくさんの家に生まれては得られぬ恩恵を受けているのですよ。紹はひとり子ですから、ひとり子の良さも寂しさもわかっています。信頼して預けたのですから、紹に任せてあげてくださいな」

おそらく論点はそこではないのだろうが、陽元が置き去りにされた毬を見て感傷的になっているのをみて、玲玉はそう言った。

「陽元さまは、後宮に住む皇子たちよりも、阿燁のことを案じられることが多いのですね。阿燁はなんという果報者でしょう。はぐれてしまった雛《ひな》ほど、忘れがたいものです。もっとしてやれたことが、あるかもしれないと思ってしまう。わたくしは、そんな陽元さまのお優しさが嬉《うれ》しいです。その情を、同じ後宮にいながら月に数えるほどしか父帝にまみえることのできない皇子や公主にも、かけてあげてはいかがでしょうか」

玲玉は陽元の大きな手に自分の手を重ねて、年下の夫の肩に頰を寄せた。

「それで、学問所を建てたいという紹の願いは、叶えてあげますの？」

「なんでも望みを叶えると言ったのだ。二言はない」

口の端をふて腐れた子どものように下げて、陽元は応《こた》える。

陽元と玄月という主従の間には、友情というには複雑過ぎる感情が横たわっている。

少年時代から長い時間を共に過ごして、玄月という人間をおそらく一番知っていて、理解しているのは陽元のはずだ。その陽元が玄月に直接本心を問い質《ただ》すことをためらってしまうような、そんな隙間というか、溝のようなものが、少しずつ広がっている。

長年のつきあいだからこそ生まれてくるすれ違いや小さな不満は、少しずつ水底《みなそこ》にたまっていく澱《おり》や泥にも似ている。その澱は自然なやりとりの行き違いであったり、厚意の掛け違いであったり、あるいは慈仙の悪意を込めた陰謀によって引き起こされた、致命的な仲違《なかたが》いであったりする。慈仙の二度にわたる企《たくら》みは失敗し、決裂は避けられたが、巻き込まれた者たちの胸には深い傷が残された。その傷の奥に埋め込まれた不信の種は、いつまでも消え去ることはない。

その微妙な隙間に引き込まれて、糊《のり》か何かのように使われてしまう甥《おい》の気苦労を、玲玉は思い遣《や》った。目を閉じれば、生真面目でいつまでもお人好《よ》しな遊圭の、義理の叔父《おじ》と義兄にはさまれて困惑した顔を鮮明に思い浮かべることができる。

玲玉は、慈仙が後宮に残していった悪意の爪痕《つめあと》を、いかにすれば取り除くことができるであろうかと思案する。

「紹は喜びます。学問といえば、翔と駿王もそろそろ、優秀な講師が必要な年頃です。紹が次に参内したら、そちらの方も相談なさってくださいますか。本心では、紹が教えてくれたら、というのがわたくしの願いです。毎日でなくてもよいです。子どもたちはまだ幼いので、時間も短くてすめば、なおよいですね」

家庭に専念したい玄月と、玄月の出仕頻度の少なさに不満を持つ陽元との調整は、さらに年の若い遊圭ひとりには荷が重い。

権力志向にほど遠いこの不器用な青年たちが、この先どんな国を創っていくのだろうかと玲玉は微笑の下で考え、冷めた茶を淹《い》れ替えるように傍らに控える女官に命じた。

あとがき

篠《しの》原《はら》悠《ゆう》希《き》

『白雲去来　金椛《きんか》国春秋外伝』をお読みいただき、どうもありがとうございました。

本書をお買い上げくださった読者の皆様、素敵な装画を描いてくださった丹地《たんじ》陽子《ようこ》様、本作のシリーズ化にご尽力いただいた担当編集者様に、心からの感謝を申し上げます。

金椛《ジンファ》国は架空の王朝です。行政や後宮のシステム、度量衡などは唐《とう》代のものを、風俗や文化は漢《かん》代のものを参考にしております。

なお、作中の薬膳《やくぜん》や漢方などは実在の名称を用いていますが、呪術《じゅじゅつ》と医学が密接な関係にあった、古代から近世という時代の中医学観に沿っていますので、必ずしも現代の東洋・西洋医学の解釈・処方とは一致しておりませんということを添えておきます。


本書は書き下ろしです。

白雲去来《はくうんきょらい》

金椛国春秋外伝《きんかこくしゅんじゅうがいでん》

篠原悠希《しのはらゆうき》

令和4年 8月25日　初版発行

発行者●青柳昌行

発行●株式会社KADOKAWA
〒102-8177　東京都千代田区富士見2-13-3
電話　0570-002-301(ナビダイヤル)

角川文庫 23296

印刷所●株式会社暁印刷
製本所●本間製本株式会社

表紙画●和田三造

ISBN 978-4-04-112730-8　C0193

「ふふ、それにしても……お互いに全く同じタイミングでアドレスを聞こうとしていたなんて、気持ちが通じていたんだなって思えてなんだか嬉《うれ》しいですね！」

「……っ！」

紫条院さんが無邪気全開で紡ぐ言葉に、俺はまたも自分のざわめく胸を抑えるハメになった。『気持ちが通じていた』なんて台詞を『同じことを考えていた』程度の気軽さで使うところが実に紫条院さんである。

「まさかこんな短期間にアドレスを交換する友達が増えるなんて……ようやく寂しい女から脱却しつつあります！」

「え？　あ……」

とても上機嫌でニコニコしてる紫条院さんを見て、俺は紫条院家で彼女が言っていたことを思い出した。

高校に入ってから周囲と浅い交友関係はあっても、溝があって一定以上仲良くなれた人がいなかったと……そう言っていた。

「もしかして……今まで友達とのアドレス交換をほとんどやったことがなかったとか……？」

「は、はい……恥ずかしながらその通りなんです……。一年生の時もクラスの女子の皆さんとは無難な会話をするのがせいぜいで……周囲がどんどんアドレス交換していく中で、一人だけ置き去りだったんです……あはは……」

その時の寂しい日々を思い出してか、紫条院さんは涙ぐむようにして言う。

実際、女子のメアドの教え合いから弾かれるのはクラスでのコミュニティから除外されるにも等しい。冗談めかして言っているが、それが相当に辛いことだったのは容易に想像できる。

「漫画やライトノベルだと女子高生同士はすぐに仲良くなっていくのに、現実は厳しくて……最近まで家族関係の登録しかないすっきりしたアドレス帳を見るたびに、落ち込んでいました……」

「そ、そこまでだったのか……」

コミュ力の低い生徒がクラスに馴染《なじ》めずに友達が増えないのはよくある話だが……逆にコミュ力、美貌《びぼう》、家の社会的地位の高さなどが揃《そろ》いすぎてアドレス交換すらままならないレベルで敬遠されてしまうのは珍しい。

しかし、ということは……紫条院さんはそんなふうに寂しい思いをしていたのに俺や他の連中にも常に笑顔で明るく接してくれていたのだ。

……聖女か？

「だからこの間、風見原さんと筆橋さんがアドレス登録をしようと言ってくれた時は嬉しくて嬉しくて……つい涙をぽろっと零してお二人を凄《すご》く慌てさせてしまいました……」

「そりゃ慌てるよ……」

しかし紫条院さんの交友関係が浅いとは聞いていたが、携帯の登録アドレスの数を悲しく思っているぼっち属性すらあったとは予想以上だ。

クラスの団結や一体感が好きな要因ってこういうところもあったのかな……。

「じゃあ早速交換しましょう！　すぐしましょう！」

「あ、ああ、よろしく頼む！」

ウキウキの紫条院さんの携帯と俺の携帯を近づけ、未来のスマホ時代ではあまり見なくなった赤外線通信でアドレスを交換する。

「ふふっ……これで友達のアドレスは三つ目です！　なんだか人生がとても楽しくなってきました！」

無邪気なホクホク顔の紫条院さんを見ると、自分の目的が達成できて嬉しいというよりも何だか善行を積んだような気分になるな……。

「あ、でも……新浜君はちょっと特別かもですね」

「え……？」

「なにせ、お父様以外だと私のアドレスに登録した初めての男の人ですから！」

「〜〜〜〜っ」

ああもう……また無自覚なんだろうけど、ピュアで発熱しやすいハートを備えた高校生男子に、『初めての男の人』はあまりに特効すぎるって……！

「実は……俺もそうなんだ。家族を除けば女の子とアドレスを登録するのは紫条院さんが初めてだ」

「わあ、そうなんですか！　それはとても光栄です！」

お世辞とかじゃなくて、本当にそう思っているのが顔を見るだけでわかる。

俺としてはそんな言葉をもらえること自体が光栄だ。

「でも……本当に良かったです」

喜びをしみじみと噛《か》みしめるような表情で、紫条院さんは感慨深げに呟《つぶや》いた。

さっきまでの無邪気な顔も可愛かったが、そのしっとりとした微笑みはやや大人っぽい雰囲気を帯びており、違ったベクトルでドキリとなる。

「私ったらいつでも新浜君と学校で会えるような気がしていましたけど……よく考えたらもうすぐ夏休みなんですよね。だから、こうやって連絡先の交換ができてとても嬉しいです」

「紫条院さん……」

俺と同じことを考えて……。

「この一学期は、ずっと新浜君と一緒にいました。とってもお世話になってとってとっても楽しくて……新浜君は私の毎日にキラキラをくれてばかりです」

ごく純粋に、少女の胸に溢《あふ》れる感謝と善性が言葉となって紡がれる。

もしかしたら世界一神聖かもしれない涼やかな声に、ただ聞き入る。

「これから違う季節を迎えて、時間もどんどん流れていきます。でも、こうやって違う場所にいてもお話しする手段ができて、嬉しいのと同時になんだかホッとしました。学校がお休みの間も、新浜君との縁は繋《つな》がっているんだって」

紫条院さんは俺の電話番号とメアドが登録された自分の携帯を胸に抱き、愛おしそうに撫《な》でた。まるで、とても大事な宝物を愛でるかのように。

「いっぱいメールを打って、いっぱいお話ししましょう新浜君。これからも……どうか私と仲良くしてくださいねっ！」

長く艶《つや》やかな黒髪を窓からの風にそよがせて、俺が想いを寄せる少女は大輪の花のような笑顔を浮かべた。

（ああ――……）

俺が未来から守るべきもの、あの圧迫面接の中で好きだと言い張った愛しい存在の輝きと愛らしさに、一瞬意識が遠くなる。

「もちろんだ。こちらこそ……これからもよろしくな紫条院さん」

自分の中の気持ちが以前よりもさらに膨れ上がっていることに気付き、俺は本気すぎる自分の想いに苦笑した。


そうして……ほんの少しだけ新たなステップを踏んだ俺たちは、新しい季節を迎える。

前世では部屋に引き籠《こ》もるばかりでまるで何もなかった季節。

しかし今世では何か素敵なことが起こる予感がする季節。

熱い熱い――灼熱《しゃくねつ》の夏がやってくる。

あとがき

このたびは『陰キャだった俺の青春リベンジ』の2巻をお買い上げ頂きありがとうございます！　まだ本屋さんで迷っている方は今すぐレジへ持って行きましょう。１巻が多少なりとも気に入って頂いた方なら絶対に損はさせません（豪語）。

この作品をＷＥＢで掲載したばかりの頃は長く続くことをまるで想定していなかったため、１巻が発売された時は本当にドキドキでした。

本作は社畜×タイムリープ×ラブコメというややアクロバティックな構成をしており、読者の皆様に受け入れられるか不安がありました。

しかし好意的な感想を多数頂き、こうして2巻の発売にこぎ着けられたのはある程度作風が受け入れて頂いた証左であると感じ、本当に喜ばしく思っています。

なお、時折挟まれるブラック企業の描写が生々しいというコメントも割と来ており、「これは作者の実体験なのでは？」「文面にこもった怨念から作者の闇が垣間見える」などの感想を見ると思わずフフッとなりました。

大丈夫です。ちょっと瞳の光は薄くなりましたが、作者はちゃんと生きてます。

闇がこぼれそうなので話題を変えますが、最近はラブコメでヒット作が多くなっていますね。

担当編集様から教えて頂きましたが、現在はラブコメのブームが来ているようでなんだか懐かしい気持ちになります。というのも、私が学生だった頃こそまさにラブコメブームの時代であり、アニメ化などするのもラブコメや日常系作品が多い印象でした。

そこからWEB小説が流行してファンタジー小説が大勢力となり、今こうしてまたラブコメブームが来ているのには、流れが一周したのを感じます。

ラブコメとは作品によって作風もコンセプトも違いますが、おおむねヒロインとの恋愛で読者をキュンキュンさせるのが肝要です。

なのですが、本作2巻はやたらと男ばっかり出てくるのはどういうことでしょうね（棒）。特に紫条院《しじょういん》パパについては完全に予想外なことに、WEB掲載では謎の人気を得て作者は目を丸くしました。五十を過ぎたオッサンが登場すると感想欄が湧くラブコメとは……？　と宇宙猫になります。

さて次巻が出るとすれば、どうなるのか作者にとっても謎です。ただいずれにせよ夏編はラブコメに重きを置いているので、かなり甘くなることは確定でしょう。

元オッサンな新浜《にいはま》は、これまでの人生でまるで縁のなかったファンタジーな夏を迎えることになります。

ではそろそろ謝辞を申し上げます。

スニーカー文庫担当編集の兄部様。今回は私が私事により執筆に時間を割きがたい中で気を遣って頂いてありがとうございました。仕事が遅くて色々ご迷惑をおかけしてしまい、恐縮しきりです。

担当イラストレーターのたん旦様。今回も美麗な絵をありがとうございます。1巻発売の折りに描いて頂いた『プロローグの春華』をSNSで見つけた時は本当に感動しました。そして、WEBで応援して頂いた方々やこの本を手に取って頂いた方全てに感謝を申し上げます。

……ありゃ、字数余りましたね。では仕方ないので愚痴で埋めます。

ぐぁあああああああああああああ！

残業七時間しながらラノベ書けるかちくしょうがおおおおお！

世間のみんながエルデンリングで盛り上がってるのに、俺だけ寝ても覚めても壊れたタイプライター（若者は知らねえだろうけどなぁ！）みたいに延々とタイピングしてるのなんなん⁉　スパロボ30もまだ積んでるんですけどぉ⁉

PS5抽選当たらなすぎぃ！　ゲーム機を買うのにこんなに苦労するとかどういうこと

だよ!?　テンパ[redacted]ヤー滅ぶべし慈悲はない！
ふぅ、ではすっきりしたのでお別れとしましょう。
陰リベ3巻で皆様にお会いできることを切に願います。
ではまた〜。

慶野由志

陰《いん》キャだった俺《おれ》の青春《せいしゅん》リベンジ2
天使《てんし》すぎるあの娘《こ》と歩《あゆ》むRe《り》ライフ

著　慶野由志《けいのゆうじ》

角川スニーカー文庫　23197

2022年6月1日　初版発行

発行者　青柳昌行

発　行　株式会社KADOKAWA
〒102-8177 東京都千代田区富士見2-13-3
電話　0570-002-301（ナビダイヤル）

印刷所　株式会社暁印刷

製本所　本間製本株式会社

Printed in Japan　ISBN 978-4-04-112234-1　C0193

★ご意見、ご感想をお送りください★
〒102-8177 東京都千代田区富士見2-13-3
株式会社KADOKAWA　角川スニーカー文庫編集部気付
「慶野由志」先生「たん旦」先生